文治
© wénzhì books

第二章 母亲种种

厚蛋烧 057
香颂 060
脸颊 063
撒谎 066
最后的考验 069
连衣裙 072
贝 075
忧郁的日子 078
铁壶 081
冰激凌 084
雌鹿摆件 087
运动会的栗子饭 090
温柔与坚强 093
手工佛龛 096

針と糸

岁月的针脚

［日］小川糸 —— 著

吕灵芝 —— 译

四川文艺出版社

目录

第一章 星期日的宁静

直觉 003
自己的规矩 006
何须远行 009
手写文字 012
为邻居寄存 015
自由与义务 018
大目标 021
德语课 024
狗的问候 027
平日的奖赏 030
林间漫步 033
午后的扑克牌 036
拉脱维亚之旅 039
格吕内瓦尔德车站 042
大人的远足 045
圣诞集市 048
柏林的年夜 051

第四章 我家的味道

用文化锅煮米饭 145

年饭与愿望 148

祖母的松饼 151

百合根与点心 154

母　性 157

活在群集中 160

年轮蛋糕 163

夏日的葡萄酒节 166

惊　喜 169

形似牛蒡的东西 172

珍藏的餐厅 175

变化的身体 178

自卖自夸 181

第三章 不花钱的幸福

物欲消失 101
可有可无的东西 104
拉脱维亚「十得」 107
裸雏 110
柏林的节约精神 113
美好的系统 116
对吸尘器的不满 119
「霍夫」的婚礼 122
优先顺序 125
莫名的想念 128
平等的关系 131
度过冬日 134
澡堂与桑拿 137
温泉漂浮 140

第五章　双六人生

去澡堂　187
发怒的人　190
自己的幸福与他人的幸福　193
蒙古的天空　镰仓的海　196
三崎港的咖啡店　199
柿田川　202
九十九里的同志　205
出发吧　208
爱上柏林　211
凯瑟琳的信　214
绊脚石　217
丧中明信片　220
让人怀念的过往　223
故事的种子　226
正中靶心　229
一丝余裕　232

后记　235

第一章 星期日的宁静

直 觉

直到在柏林开始生活,我才有了星期日的概念。对我来说,如果拉脱维亚是灵魂的故土,那柏林就是心灵的港湾。其实,这篇文章就执笔于柏林。

二〇〇八年,我因工作在柏林停留了几天,因此成就了契机。当时,我到柏林至今仍在使用的现代主义住宅群落去取材,看到人们极其自由快乐的生活,留下了深刻的印象。

其中,一名女性骑着自行车滑下长坡的飒爽身姿让我至今记忆犹新。那个瞬间我产生了一种直觉,觉得这座城市里一定有什么东西在牵引着我。从那以后,我就经常造访柏林。仅仅那个瞬间,就给我的人生带来了极大的影响。

在柏林生活时,我认识到了星期日怎么过的重要性。

其实不仅柏林,整个德国甚至欧洲,一到星期日基本上所有店铺都会关门休息。这是首先让我感到惊讶的地方。这里的星期日氛围跟日本的新年差不多,整座城市安静下来,人们都在家中静静休息。这里的星期日,基本上就是跟朋友和家人静静度过的日子。

只要当成每周有一天过年就很好理解了。而日本的星期日,却与之截然相反。

这种星期日的宁静让我倍感舒适。诚然,由于店铺都关了,人们无法出去逛街。可是如果需要逛街,只需周六去即可。生活里多一点计划,就不会感到不便。

每到星期日,爸爸妈妈和孩子都会在家休息。所以每个家庭都能平等地享受家人团聚的时间。这就是根植于此处的精神。星期日关店休息的行为乍一看很不划算,不过从长远来看,这样反而应该更划算。

所以,我每次从柏林回到日本,都会为星期日的过法感到不知所措。人们会出去玩乐,到百货公司购物,然后身心俱疲，顶着劳累的面容迎接星期一和新的一周。如此一来，疲劳更是无法消解。二十四小时营业的便利店、开到深夜的超市、在星期日依旧开门的百货商店和餐厅，这些确实非常方便。只是，在里面工作的人们和他们的家人，就会失去星期日这个难得的休憩之日。

大家一起回家休息更有效率，也能让一周的时间张弛有度。

所以，我爱上了星期日。我常常翘首以盼下个星期日为何还未到来。

自己的规矩

一个周末，我来到附近的咖啡厅，发现平时都能连上的无线网络突然连不上了。于是我问店里的人，只见对方笑着指向黑板。上面写着"No Wi-Fi on weekend!"没错，他们周末故意把无线网络关掉了。

这家店似乎想向客人传达这样的想法：毕竟是难得的周末，大家不要光盯着电脑和手机屏幕，去跟朋友聊聊天，看看天空，吃点好吃的吧。对能够包容这种幽默的柏林，我想投出一张赞成票。

我先是感动了一番，然后惊讶于德国正在举国往这个方向发展。他们做出的行动，就是禁止工作日六点以后和周末的工作邮件。我一直认为将来会走进需要这些举措的时代，没想到德国竟把它写进了法律里，真是令人敬佩。

德国人极为擅长把工作日与周末完全分开。他们在工作日认真工作，到了周末则从工作中彻底抽身。只要在旁边观察，就会发现，到了星期五下午人们就会开始躁动。这里的交通机构会在星期五和星期六晚上彻夜运行，无须担心回家问题，可以大胆享受夜生活的乐趣。到了星期日，所有人都会休养生息，静静度过。

于是我也学着德国人的样子，在脑子里把工作日和周末完全分开。星期一到星期五上午都算工作日，其间专心工作，也就是写作。星期五下午开始就是周末，我会去见见朋友，在外面吃吃饭，愉快地充电。

过上这样的生活后，我渐渐有了自己的规矩。首先，工作日不见人，不做任何预定，只在自己步行可及的范围内行动。然后，我会把商谈和采访放到星期五下午，有时跟责编出去吃吃饭。星期六是私人时间，或是出去看电影，或是跟丈夫外出用餐，或是呼朋唤友一起吃饭。星期日基本在家度过，调节身心，以便轻松愉快地迎接下一周的到来。

自从定下自己的规矩，我的工作变得更顺利了。如果在公司上班，或是忙于带孩子，可能很难只根据自己的情况来行动。不过即便如此，也可以在力所能及的范围内制定自己的规矩，比如周末不看工作邮件，那样或许能让生活变得比过去更轻松。一旦勉强为之，过后必然会反弹到自己身上，所以我把尽量不勉强自己当成了人生信条。

何须远行

我在柏林的住处附近有一家好吃的面包店。那里相当于日本小镇上的面包屋,每周星期一到星期五的营业时间是早上七点到晚上七点,星期六从早上七点开到下午三点,星期日休息。店里有又大又沉的德国面包,也有三明治和甜甜的点心面包,总是挤满了客人。早上进店还可能碰上新鲜出炉的面包,每次都会让我产生无上的幸福感。

面包店旁边还有好吃的火腿香肠店。打开店门,迎面就是一股熏肉的香味。这里的商品基本都是称重销售,要多少就切多少。熏火腿和香肠还能按照客人需要的厚度切片,也可以根据自己的用途提出要求。

我时常在这家店里买培根,并请店里的人把培根切成纸一样薄。

一次,丈夫去店里买东西,我牵着狗在外面等,却被老板招招手叫进去,请我尝了火腿的味道。这是一家充满人情味的店。

附近还有花店,粗略一想就有三家之多。我经常到最不起眼,女店主总是表情冷淡的那家花店去。店虽然不起眼,却有种扎实稳健的感觉,花花草草全都随意堆放在那里。真希望有一天能跟这位冷淡的女店主用德语聊天。

那一带还有厨房用品店和文具店。

有了这些店铺,我需要的东西基本就能凑齐。我很喜欢这种无须出远门,只在附近就能购物的环境。另外,周边还有好吃的蛋糕店和冰激凌店。

想吃鱼的时候,我就会到附近广场上每周一次的市集去,那里可以吃到炭火烧烤的鱼。在德国被称作"Imbiss"的路边摊文化十分发达,随处可见卖香肠的小摊,可以边走边吃,而且特别美味。每到春天还能看到装扮成可爱草莓形状、只卖草莓的小摊。

这里当然也有大型超市,不过私人经营的小店也保留

下来与之共存。凡是要放进嘴里的东西,我都会尽量在私人商店买。因为这样更放心,也能买到好东西。

不过,无论是多么大的超市,星期日都会休息。除了部分咖啡店和亚洲餐馆,其他基本上也在星期日休息。大家不约而同选择了休息的星期日是那么悠闲,流动着令人愉悦的气息。

手写文字

星期日早晨,我到附近的咖啡店点了一杯卡布奇诺,然后开始读信。这些信都是读者给我写来的。自从《山茶花文具店》出版后,我收到的读者来信比以往更多了。

读着读着我就开始想,每个人都有自己独特的字迹啊。即使是同一个人写的文字,也会因为身体和心理的状态产生细微变化,哪怕只是早上、中午和晚上的时间差别,也会以一种微妙的方式体现在字迹上。

即使是同一个人,年轻时写的字与上了年纪之后写的字也很不一样。或许,手写文字就像指纹一样,会一辈子跟着一个人。

小学低年级的时候，我会紧紧握着铅笔，一笔一画认认真真地写字。右手中指支撑铅笔的部位会渐渐变成一个小坑，而且那块皮肤还会变得光滑锃亮。不过，那个小坑不知不觉就消失了。最近我已经连铅笔都不怎么碰，顶多在选举时拿起来填一下选票。正因如此，当我收到手写的信时，会感到格外高兴。

我很喜欢信，应该也属于经常写信那类人。尽管如此，我最近还是会用电邮来解决大部分事情。

电邮的确很方便。可是使用电邮，从邮件发出去那一刻起就会让人进入等待回复的状态，难以放松下来。只要连着网络，一天二十四小时随时都能向任何地方发送电邮，也随时都能收到电邮。

正因为处在这样的时代，我更加感慨信真是个好东西。为写信的对象专门挑选信纸和文具是件令人愉悦的事，犹犹豫豫不知该贴什么样的邮票也是写信的乐趣所在。

然后，信要自己投进邮筒里。那封信会像接力棒一样由人手传递，送到收信人的邮箱里去。而且，无法预测信要多久才会送到对方那里，也无法预测对方什么时候会展开阅读。如此，更是无法预测对方何时会回信，搞不好连回信都没有。这种不确定之处,反倒是件好事。

信里融入了许多功夫和时间,能够让人放松心情。

打开信封,另一个人周围的空气就会轻飘飘地涌出来。那个瞬间最让人陶醉。从每一个用心写下的手写文字和措辞中联想写信人的模样,这又是一种乐趣。从时代的发展角度来看,写信可能显得很没效率。可是,如果写信的习惯从世界上消失,会让我感到十分苍白寂寞。

无论是谁,在堆成小山的广告函中发现一封手写的信,一定会心情雀跃吧。

为邻居寄存

住在柏林,偶尔会为邻居寄存一些东西。比如,邮差送来了包裹,收件人却不在家,那么邮差就会寻找同一幢公寓的住户,把包裹寄存在那里。随后,只要将此事写在纸上,贴到收件人家门口便可。收件人看到字条后,就会去找寄存包裹的人,取回自己的包裹。

有一次,日本寄来了装前样(印厂印好的样稿),而我正好不在家。我当时还奇怪,邮件到底寄到哪里去了?结果第二天,同一幢公寓的住户专门给我送了过来。

以前日本好像也普遍会这样做,不过现在应该不可能了。因为这个系统需要建立在信任的关系之上。

如果一定要交到本人手上，邮差就不得不再跑一趟，这样就会白白浪费力气。可是，只要街坊邻里在可能的范围内稍微帮帮忙，就能减轻邮差的负担。我个人认为，应该允许这种程度的松懈才对。

日本的上门配送系统的确厉害，不仅可以指定具体时间，还能保证送到收件人手上。只要简单操作就能查到自己寄出去的包裹处在什么状态，用冷藏或冷冻包裹发送食品也非常方便。日本的配送系统，是可以在世界上夸耀的完美服务。

住在东京时，我家几乎每天都能收到包裹。老实说，真是太方便了。很重的东西不需要我去搬，甚至足不出户就能购物。我当时的生活十分依赖上门配送服务。

可是，帮我把东西送过来的人应该很辛苦。他们的电话总在响，时刻都要赶时间。最让人同情的是，年底、年初大家都在休息的时候，配送人员还要睁着布满血丝的眼睛，一直送货到深夜。

我觉得，年三十和年初一至少该让配送员休息一下，只是时代肯定不允许这种毫无紧张感的发言。由于我自己也深深依赖着配送系统的恩惠，所以说出来可能会自我矛盾。

我说出这些想法，却被长年生活在德国的日本朋友反驳了。那位朋友认为，既然是寄给一个人的包裹，邮差就应该负起责任送到那个人手上。因为有一部分邮差会嫌包裹太重，根本不去按收件人家的门铃，擅自寄存在楼下的住户那里……

说实话，我也尚不清楚到底哪边才对。

自由与义务

只要听我说起我跟狗一块儿去了柏林,基本上所有人都会惊讶得瞪大眼睛,并马上问:"狗能上飞机吗?"

可能很多人都不知道,欧美的航空公司允许带猫狗一类的宠物上飞机。当然,并不是说多大的宠物都能带,航空公司对笼子大小和重量还是有限制的。

二〇一七年夏天,我乘坐了汉莎航空的航班,当时对笼子的尺寸限制是55厘米×40厘米×23厘米以内,笼子连同宠物的总重量不可超过8千克,只要符合这个限制条件,宠物就能被当作随身行李,跟主人一同坐进客舱。从日本到德国的犬只运费是单程一万日元左右。

登机之后，笼子要放在前排座椅下方，在到达之前不能拿出来。飞行过程中不可喂食，喂水只能喂到鼻子湿润的程度。

可能因为出发前做过长时间待在笼子里的练习，再加上我家狗本来就性格大方，整个飞行途中并没有什么反应。

不过带宠物出国需要准备很多文件，而且表面上再怎么没事，实际上对身体肯定有负担。有人认为带宠物乘坐长途飞机是主人以自我为中心的举动。可是回到日本之后，我还是觉得当初决定把狗带过去真是太好了。

对我家狗来说，柏林也是个温柔的城市。它乘坐巴士和电车都无须被关进笼子里，基本上所有咖啡店和餐厅也能跟人一块儿进去。

只是主人和宠物都需要经过严格训练，掌握一定礼仪。可能正因为训练到位，狗的权利才得到了保障。这些经历对我来说，是整个夏天最大的收获。

一个周末，我把狗带到了郊外的森林里。据说那是柏林养狗人每到周末都会聚集的场所。宽广的森林深处有个湖，人和狗就在湖畔享受着充实而悠闲的时光。

有的人在树荫下午睡，有的人跟狗一起下湖玩水。几

乎所有狗都被松开了牵引绳，跟自己喜欢的同类玩耍。每条狗脸上都带着笑容。那里可谓狗的天堂。

或许那些主人都认为，平时总让狗遵守人类定下的规矩，周末就应该让它们充分放飞自己的天性，以释放平日积攒下来的压力。不愧是德国，在这方面也张弛有度。自由与义务维持着绝妙的平衡。

在柏林居住期间，我反复感慨要是日本也有这样的环境就好了。我希望，有一天在日本也无须把狗装进笼子里，而是可以直接带上电车。

大目标

我在柏林常住了好几次,至今从未感觉到语言的壁垒。就算语言不通,我也过得十分快乐,而且只要懂得一些英语单词,就能应付生活,几乎没有出现过让我感到为难的情况。

但是,二〇一六年夏天,这种情况突然发生了改变。改变的契机,就是我头一次把狗带到了德国。

带着狗走在外面,经常会有人跟我搭话。我猜测,那都是些非常简单的提问。比如"几岁了?""是男孩子还是女孩子?""叫什么名字呀?"之类。

可是,我连如此简单的提问都回答不上来,导致对话就此中断。这让我感到惊愕不已。要是我能说上一两句话，世界肯定会变得更广阔，也能交到更多朋友……意识到这点后，语言的壁垒便轰然坍塌下来。

我头一次在柏林体会到了孤独。当然，我花了很长时间才得到这种体会。

于是我就有了两个选择，一是十分干脆地放弃柏林；二是好好学习德语，与柏林加深关系。换言之，前者是内向保守的态度，后者是外向主动的态度。好了，该怎么办呢？几经烦恼之后，我选择了主动。也就是说，我决心走那条更困难的道路。

这成了我四十多岁时的一个大目标。虽然我不知道自己将来会在哪里过着什么样的生活，但我认为，人生中某些时期选择离开日本的生活也很不错。如此一来，我就能够更加客观地看待日本，或许还能意识到此前一直被我当成理所当然的好地方可能也不尽好。我不仅仅为了成为一个写小说的人，同时也为了得到作为一个人生存下去的力量，并且成为一个更有深度的人。

于是我报了语言学校，决心在柏林学习德语。虽说如此，我首先要学会数数字，背单词，还要学会正确的发音。

在母语是德语的人看来,我还处在跟一岁小孩儿差不多,甚至不如一岁小孩儿的阶段。前路漫长,看不到终点。尽管如此,我还是只能一步一个脚印地向前走。

语言学校的课时很密集,从工作日的上午八点一直排到下午一点。中途如果肚子饿了就学不进去,所以我会趁早上有空的时候拿着便当走出去。昨天还看不懂的店门贴纸,今天竟然能看懂了。仅仅因为这个,我就能雀跃不已。

德语课

我可能已经有好几年,不,好几十年没有边走路边看笔记本学习了。这种感觉就好像初中或高中的考前复习。不过,如果我不这样学,就完全跟不上课程节奏。只有拼命地预习和复习,才能勉强理解"今天我学了什么"。当然,课程从一开始就是用德语教授的。

班上的同学来自委内瑞拉、墨西哥、巴西、秘鲁、美国、阿塞拜疆、土耳其、白俄罗斯、意大利、日本等,可谓遍布全世界。人们的职业也各种各样,有学生,有音乐家,有工程师,也有科学家、医学生、心理学家、记者、建筑师,等等。大家都带着某种目的,努力学习德语。

老师是一位非常温柔的女性。我经常听说在语言学校能否学好关键要看老师，在这方面我算是幸运的人。她不是单纯按照教科书上的内容上课，而是用一种栩栩如生的形式让德语渐渐渗透到我们脑子里。一开始我还有些不放心，担心上午八点到下午一点的课可能无法全程集中注意力，但是我们并非坐在椅子上干巴巴地听课，所以时间竟过得飞快。

八点半开始进行九十分钟的授课后,我们有一段三十分钟的休息时间,然后又是九十分钟的授课,接着是十五分钟的休息,最后是四十五分钟的授课,然后一天的课程就结束了。每周星期一到星期五,我都在重复这个课程。

如果从上空俯瞰我们上课的情景,恐怕十分可笑。因为我们做的事情基本上跟幼儿园没有两样。一帮老大不小的人用磕磕绊绊的德语介绍自己的名字,询问对方的兴趣爱好。

有时我们会分成两人一组,人手拿着一小袋软糖。一个人走到教室外面等,另一个人则把软糖藏在教室某个地方。外面的人要用德语一边提问一边寻找搭档藏起来的软糖。乍一看这就像一场游戏,实际上可以让我们用身体去理解什么样的表达最有效率。

经常有人说德语很难学。的确如此,我直到现在也还搞不懂德语究竟是否合理。这种感觉就像特别难解的数学题一样,其实只要理解了法则就能解开,但是在理解之前,就感觉一头雾水。不过,一旦觉得它很困难,就会变得越来越难,所以现在我都对自己说,德语真是太简单了。

狗的问候

我向别人说起这个，一般都能得到惊讶的反应。其实在德国和日本，狗与狗之间的问候方式并不一样。所以我家爱犬百合根一开始也十分困惑。

简单来讲，德国基本不允许狗与狗在路上相互问候。这点主人和狗都习以为常，因此狗狗们擦肩而过时，只要不是特别受到对方吸引，就不会互相嗅闻，而是互不理睬，径直走过。

在日本，只要附近有狗，主人就会让狗狗接近，并问候彼此。当然，这也要看主人和狗的性格，不过我只要感觉对面的主人和狗都很友好，便会停下来让狗玩耍。百合根是条喜欢同类的狗，所以我希望尽量给它与同类接触的机会。正因为这样，百合根只要看到有狗走过来，就会高兴地凑过去。有时还会发展成双方饲主站着聊天。

在德国就很少看到这种光景，因此百合根也因为跟同伴接触不足而累积了许多压力。不过仔细想想，让狗在路边玩耍其实很危险。这样不仅会妨碍到其他路人，还有可能从后面突然冲过来一辆自行车。可能是因为这样，德国的饲主才不让狗在路上跟同伴打招呼。

不过，如果一直这样，狗也会有压力。所以主人会把狗带到公园草坪，或是专门的狗公园去，把狗狗们放在安全的场所内解开牵引绳，让它们尽情玩耍。狗在与同伴玩耍的时候，人会尽量不介入。他们的目的就是让狗与同伴自由玩耍。这种一张一弛的操作，充满了德国特色。

没有所谓哪边好或是哪边不好，这应该是看法的不同。不过对百合根来说，这是个非常麻烦的不同之处，所以两边的差别让它困惑不已。

二〇一六年夏天，我从柏林回到东京，它也像个被语言壁垒所困的海归人士，去散步也不怎么积极了。在百合根看来，它好不容易习惯了德国的规矩，结果又回到了日

本。我从来没想过环境的差别会给狗带来这么大的影响，所以吃了一惊。原来它们都在用那小小的身体敏感地探知着环境变化啊！

日本和德国，哪边更让百合根习惯呢？日本有许多宠物尿垫和小衣服等商品，而且品质很好，不过优质狗粮还要数德国占优。我感觉，这个差别来自人类把狗看成了什么样的存在。

有意思的是，在德国养狗要交税。所以，税务机关会详细掌握每家每户的养狗数量。就算养狗，也要明确自身的权利与义务。

平日的奖赏

由于每周星期一到星期五都要去语言学校,这样的日子过得飞快,一天、一周、一个月转眼就过去了。此前我竟然会听着喜欢的音乐慢悠悠地做饭,如今想来简直像做梦一样。现在别说听音乐了,就连自己做饭的闲暇都没有,整天忙着预习、复习,完全抽不出时间来。假如有时间洗碗,我更愿意多背几个单词。

不过,身处这样的生活,我发现日子实在太单调了。于是我决定,按照不同的星期数给自己一些奖赏。

首先是星期一。星期一是一周之始,接下来是连续五天的语言学校课程,所以我要用甜品给自己补充能量。于是，星期一就是蛋糕日。以前我把蛋糕日放在星期日，但是星期日还有其他乐趣，所以就移到了星期一。每逢星期一，我都会在放学后到喜欢的店里吃喜欢的蛋糕，然后才回家。

星期二是温泉日。但我并不是真的去泡温泉，而是在自家浴缸里放好热水，化开一块温泉泥享受那种感觉。一个住在柏林的日本朋友给我推荐了很不错的温泉泥，可以做成跟日本温泉一样的效果。在国外待上一段时间，就会特别想念日本的温泉，只要有了这个，就能在柏林轻松享受泡温泉的心情。由于平时连泡澡的闲暇都没有，所以我决定每周至少有一天悠闲地泡在热水里缓解身体的疲劳。我管这叫柏林温泉。

星期三傍晚，我会出门上瑜伽课。虽说是出门，也只是到隔壁的公寓楼去，中间只隔着一个中庭。我一直想做瑜伽，便在周围四处打探，但没想到竟会离我这么近。瑜伽课都是英语教学，还能顺便学学英语，可谓一石二鸟。

星期四是我每周预约泰式按摩的日子。柏林有很多泰国人，我的按摩师也来自泰国，性格特别开朗。接下来只要再坚持一天就是周末，所以我的盘算是在星期四治愈一下一周的疲劳。

接着就是翘首以盼的星期五。星期五下午一点，所有课程都结束时的解放感真是无与伦比，我甚至想大声高呼万岁。

星期五是吃鱼日。我会去附近广场每周星期五开放的集市上找炭火烤鱼的小摊，在那里大吃一顿。我用在户外喝酒吃鱼这个大大的奖赏，来犒劳上了一周课的自己。

林间漫步

上回写到了我平时的生活,这次再来写写我周末的生活。

星期六早晨,我会比平时更懒散地起床。平时我都靠闹钟唤醒,所以在周末会尽情酣睡。起床后,先淡定地喝一杯茶,然后开始上午的工作。因为工作日光是学习德语就让我筋疲力尽了,所以写稿和查看样书的工作我都放到星期六来做。

我故意空出了星期六的下午。有时出去跟朋友吃饭,有时买买东西,全看那天的天气和心情而定。在德语学习跟不上的时候,我星期六下午还会到学校的图书馆去补习,但一般尽量避免这么做。

晚上我会在家做饭,在厨房里发泄平时的郁愤。如果不在星期六把下个星期的饭做好,那我就没吃的了。我连每次单独做味噌汤的闲暇都没有,就一次做一大锅高汤,再把味噌化开保存起来。每次要喝就拿出来,放些蔬菜食材烧热了喝。

米饭也要一次做一大锅,然后捏成饭团,一个个单独用保鲜膜包起来放进冰箱冷冻室。如此一来,我想吃饭的时候,就能用烤箱做烤饭团了。另外,我还会把白菜和芜菁做成腌菜。我在柏林养了一缸米糠,会一次腌上一大缸。做饭是最解压的事情。

星期日是带百合根到森林去玩儿的日子。我在《自由与义务》那篇文章里提到过,柏林西南部有一片名叫格吕内瓦尔德的大森林,里面有星星点点的湖泊,周边是狗狗们自由玩耍的地方。对在柏林养狗的人来说,这片森林和这些湖泊就像天堂一样美好,所以每到周末,大家都会不约而同地带狗过来玩儿。

我也不受控制地喜欢上了星期日的林间漫步。早晨的森林尤为清爽,鸟儿的歌声此起彼伏,走在里面十分惬意。

我开始上语言学校后，百合根被关在家里的时间也变长了，导致它压力有点大。因此，星期日的林间漫步对我和百合根来说都是重要的放松时刻。我会取下百合根的牵引绳，让它尽情奔跑，或是与别的狗嬉戏。

林间漫步结束后，我还会来杯啤酒。林子里开着餐厅，可以坐在林荫下喝啤酒。这是我目前最大的幸福。就这样，我的周末迅速过去了。

有时出于天气原因，我会把星期六和星期日换过来。不管怎么说，这就是我度过周末的方式。为了下周也能在森林里喝美味的啤酒，我要继续努力一周。

午后的扑克牌

开始学习德语后,我感到这个语言里关于休息的表述格外丰富。其中,代表假期的"urlaub"是我很早就学到的单词。

我听说,德国的平均带薪假期每年有三十多天,而且跟病假分开计算,可以用于纯粹的休闲。所以,即使是在公司上班的人,普遍也能来上一场一个月的休假。

我所在的德语学校也会因为老师放暑假而换别人来教,而且这种事情一点都不稀奇。休息的时候好好休息,工作的时候好好工作。为了能够更积极地投身工作,好好休假是不可或缺的行动,结果也证实这样其实更有效率。

我很愿意为德国张弛有度的工作方式投上一票。

日本的夏天现在是越来越热了。早上走进公司已经满身大汗，并因此消耗了不少体力。到了晚上，气温居高不下，怎么都睡不着。如此一来，疲劳就越积越多了。我认为，这种时候干脆不要逼人家上班，而是在家里工作，或是集中休假出去放松身心更为合理。不过日本可能有日本的苦衷，无法简单模仿德国的工作方式。

我还经常听说，在德国长时间待在公司并不能得到好评价。别说好评，那反倒是扣分行为，所以基本不会有人休息日上班或是加班。因为人们更重视如何在规定时间内有效地完成工作，而工作结束之后就是私人时间，所以不会在下班后还跟同事一块儿聚餐。的确，我几乎没见过这样的人。

到了周末，我经常看到的是跟孩子一起走在街上的父亲。也经常看到几个男性朋友推着婴儿车或是抱着婴儿结伴外出。在日本，虽说参与育儿的男性正在一点一点增加，但从我个人感觉而言，德国男性在育儿方面显得更为积极。之所以能这样，也是因为他们的周末完完全全是私人时间。

前不久，我坐在咖啡厅里喝茶，旁边来了一对父子。父亲看起来五十多岁，儿子可能不到二十岁。两人高高兴兴地打了好久的扑克。那是一个星期日的下午。我感觉在日本应该很难看到这样的光景。

待在德国，经常感觉父亲的存在感相比日本要大许多。可能孩子从小跟父亲相处的时间长，长大后自然也会那样与自己的孩子相处。真是美好的亲子关系。

拉脱维亚之旅

我周末去了拉脱维亚。目前，这可以说是我最喜欢的国家。在此之前我已经去过三次，但每次都是工作采风，也有口译员陪同和车辆接送，可谓无微不至的旅程。

可是，我心里突然冒出了疑问：如果只是普通旅游，还会这么开心吗？于是，我就邀请了尚未去过拉脱维亚的丈夫，两人到那里旅行了一趟。这次我预约了首都里加旧城区的酒店。那座酒店位于里加主教堂旁边，外表看起来小巧玲珑，我早就想去住住看了。

这次旅行的首要目的是休闲。可能因为年纪大了，我们决定不做那种这个也要玩那个也要玩、这里也要去那里也要去的贪心之举。好不容易出来旅行一趟，把自己搞得太累就没有意义了。所以，我旅行时都会穿平时穿惯的鞋子和衣服，以不累着自己为前提到处散散步，去餐厅尝尝美食。我开始感觉，在日程中插入一些留白，让它不那么紧张就刚刚好。

不管去什么地方，我都不怎么会逛景点。顺带一提，我也不会拍所谓的纪念照片。遇到美丽的风景，我当然会想把它留在照片里，但是并不想把自己也加进去。

这次旅行我还想买一样东西，那就是拉脱维亚的香肠和培根。我一直认为肉类加工品要数德国的最正宗，但是自从在拉脱维亚邂逅了这里的肉制品，我的看法就改变了。为了方便保存，这里的人会对肉进行熏制，而且那种熏制技术十分高超，具有独特的味道。那是一直使用了传统做法、能够代表拉脱维亚的美食。每次我问一个拉脱维亚人喜欢吃什么，对方基本都会回答香肠和培根。

走到集市上，可以看见好几个销售熏制加工食品的摊贩。因为这里的人是拿一大块肉整个进行熏制，每一块都尺寸惊人。当然，拿在手上也是沉甸甸的。一整块培根粗略算来有五千克重。香肠也有大人手臂那么长，每根大约有三千克。我们买到了香肠和培根，这次旅行的目的基本达成了。

星期日，我们去了朱格拉湖畔的民族史露天博物馆。这里被一片广阔的松林包围，点缀着从拉脱维亚全境迁移过来的旧式民居，是市民休憩的场所。人们夏天可以在林间漫步，冬天可以滑冰和冰上钓鱼。这天正好是面包日，我们尝到了新鲜出炉、外表质朴的黑面包。随后，我们还慢悠悠地健行了一会儿，真是个悠闲自在的星期日。

格吕内瓦尔德车站

一个周末,我在格吕内瓦尔德车站下车,穿过站台后走下楼梯,突然听见了小号的声音。格吕内瓦尔德位于柏林西南部,是个带狗散步的好地方。

我拉着牵引绳往前走,小号的声音渐渐变大,但是周围并没有吹号人的身影。

那是一首连我都耳熟的名曲。由于我是个外行,听不出什么好坏,不过那种磕磕绊绊的感觉反倒给曲子平添了一丝哀愁。我边听边胡思乱想,吹小号的人会是个黑人大叔吗?

我朝出口走去,发现前方聚集了一小群人。乐声就是从那里传来的。意外的是，举着小号的竟是个少年。他看起来只有十岁或十一岁，穿着一套正装，还在脚下放了个收钱的小盒子，里面已经装了不少硬币。

其实这种光景并不罕见，我以前还在路边看到过拉小提琴的女孩子。演奏的人毫无悲壮与紧张，而是怡然自得地把持着乐器。他可能是出来赚点零花钱的。每次我提到这个，日本人基本都会瞪大眼睛。确实，这种光景在日本应该看不到。

还有一件类似的事。不久前我在家附近走着，看到几个孩子把塑料布往家门口一摊，在那里卖不要的玩具或玩偶。卖家是孩子，买家也是孩子。他们虽然不要那些东西了，但没有马上扔掉，而是肩负起了将它转手给他人的责任，并且还能换得一点金钱。我觉得，这是一件很美好的事情。

无论是街头演奏还是跳蚤市场，都能让孩子从小培养起对金钱的感觉，还能得到类似工作的体验，想必能大大帮助孩子独立。那个在我耳边萦绕不散的小号旋律，是豪尔赫·本·乔尔（Jorge Ben Jor）作曲的《超过一切》（*Más que nada*）。

其实，在格吕内瓦尔德车站不远处还有一个已经废弃的十七号线货运站台。第二次世界大战时，大量犹太人从这里被押上了特殊列车送往集中营。犹太人的数量和集中营信息都被记录在铁板上，至今仍留在曾经铺有轨道的地方。大屠杀的负面遗产毫无遮掩地展示在普通人生活中可见的地方，作为过去罪行的见证，由大人向孩子们一代代传承下去。

或许，这也是在日本很难见到的光景。

大人的远足

施普利瓦尔德是位于德国与波兰交界处的广阔森林。流经柏林中心的施普利河支流在这里化作水网，纵横交错于林间。我听说乘坐一种叫"卡恩"的小船在林间水网穿梭十分好玩儿，便约了朋友周末去体验。

我们一行五人，除了我和丈夫，还有一对在语言学校认识的日本夫妇，以及从日本过来度暑假的我的责编，全都是一把年纪的大人了。

施普利瓦尔德的主要车站是吕伯站，从柏林搭乘直通列车大约一小时能够到达。这个距离很适合一日游，所以这里在德国人中间算是小有名气的景点。只不过日本并没有多少关于这里的介绍，可谓秘密的好去处。

我们坐上列车，马上打开饭团吃了起来。那是我一大早煮好饭，按照人数做好带过来的饭团。馅儿用到了丈夫从日本烤好带过来的盐烧三文鱼，将鱼肉压碎后，连同芝麻和佃煮蜂斗菜加入米饭中拌匀，捏成方便入口的小饭团，还用保鲜膜单独包起来，以便随时拿起来吃。

遗憾的是，那天天气不好，窗外一直飘着小雨。不过我们事先商量好了，先到吕伯站看看，如果雨很大再掉头回来。之所以能这么做，是因为这里的交通费用低廉。我们买了柏林和勃兰登堡的团体日票，每张三十一欧元，可供五个人使用。也就是说，我们每人只要六欧元（大约人民币四十六元）就能坐个往返。除此以外，德国还有许多实惠的车票。

吕伯站还标注了波兰语的站名，因为施普利瓦尔德居住着许多斯拉夫系少数民族索布人，他们虽然定居在德国境内，却保持着独有的语言和文化。我们只坐了一小时的火车，眼前出现的光景便与柏林截然不同，让我震惊不已。真可谓一场小小的旅行。

我们来到渡口，坐上卡恩船出发了。船工在前头用一根长杆撑船，并没有多余的解说，可以静静观赏四周风景。好在天气也稳住了，让我们得以乐享这趟坐在卡恩船上的愉快的森林之旅。侧耳倾听鸟儿的鸣唱和潺潺水声，呼吸会慢慢变得深而长。在柏林很难体会到这样的静谧和清新。

途中有将近一小时的休息时间，我们便到餐厅里吃了午餐。听说施普利瓦尔德的特产是酸黄瓜，我们都尝了尝。没想到，只需坐一小时的火车就能得到如此快乐的时光！

这样安静而愉悦的大人的远足，其实也挺不错。

圣诞集市

这是我在德国度过的第一个冬天。当然，我也是头一次逛圣诞集市，便好像一个观光的游客一样，走走停停地看了好多小摊。

德国的圣诞集市从十一月底开始，一直开到圣诞节前后。在此期间，有的摊贩每天都会开张，有的只在周末营业。还有一年一次只开两天的摊贩。所以为这段时间制订计划也不失为一种乐趣。

只不过，这种时候需要特别留意天气情况，因为经常下雨。单纯的寒冷尚能忍耐过去，再遇上下雨就很难受了。我觉得与其下雨，不如干脆下雪还好过一些，然而天不遂人愿，好不容易大老远地赶到集市去，最后很有可能被淋成落汤鸡垂头丧气地回来。

所以，只要心里觉得今天是最适合逛集市的日子，那么别人可能也会这么想，就形成了熙熙攘攘的盛况。传统木制玩具的摊位，摆满毛衣、手套、帽子等防寒物品的摊位，还有正因为德国人爱干净才会出现的刷子专卖店等，每个摊位上都挤满了人。

精神强韧的德国人到了这个时期好像也管不住自己的手，全都高高兴兴地享受着购物的乐趣。他们手上大多还拿着装在马克杯里、被称作"香料酒"的甜味热饮。

孩子们的乐趣全都集中在流动游乐场。那里的旋转木马、蹦床和射击全都有着充满怀旧气息的简朴外观，散发着迷人的魅力。

当然，集市上还有很多卖小吃的摊位。不仅有香肠，还有比萨、汉堡、浓汤，让人眼花缭乱。不久前我去逛家附近的圣诞集市，看到一对日本情侣摆出了炸肉饼的小摊。我顿时犯了馋，站在小摊前大口吃起来。这种感觉就像在日本商店街的肉铺买炸肉饼当零食一样。德国人也很爱炸肉饼。

我每天去逛不同的圣诞集市,渐渐产生了莫名熟悉的感觉,随即发现这种活动跟日本传统祭典的气氛很像。虽说有东西方之分,但现场弥漫的都是一种简单怀旧,又与日常略有不同的气息。日本的传统祭典与夜晚很般配,德国的圣诞集市也在晚上更为美妙。因为这里到下午三点半左右就开始变黑,逛圣诞集市变成了愉快地度过漫漫长夜的绝佳活动。

在一年中白天最短、气候最寒冷的时期庆祝基督的生日,这主意真是绝妙。

柏林的年夜

日本的一月何时变得如此繁杂了？我还是个孩子的时候，头三天几乎所有店都关门歇业，一月四日才开张。现在好多店从元旦就一直开着，让新年变得跟普通周末差不多了。

在德国，虽然各地并不统一，但过了十二月中旬，基本上城镇就会安静下来。许多公司也会开始休假，孩子们的学校也开始放寒假。可能因为很多人都返乡了，城里的公共交通反倒变得很空，人们都比平时要悠闲一些，感觉不到日本年末那样的奔忙。

我当然知道圣诞节在西方是个非常特殊的节日，但是实际置身其中，才发现它的重要性远远超出我的想象。圣诞节是跟家人安静度过的节日。

回首童年，圣诞节的快乐完全来自圣诞蛋糕。一家人会商量今年到哪家店去买蛋糕，而我最高兴的就是切开大蛋糕，一家人都来吃的时刻。那个风潮至今仍未改变，每年临近圣诞节，所有点心店都会派发精心制作的圣诞蛋糕宣传单，并开始接受预订。

我曾经把那样的光景当成了理所当然，可是在德国突然想起来，跑到点心店一看，却发现这里并没有圣诞蛋糕。

德国有一种传统点心叫"德式圣诞面包"，每年进入十二月就时常能看到。但德国人并不会像日本人那样不约而同地订购。顺带一提，我买来尝了尝，发现它跟年轮蛋糕一样，已经不如日本那边做得好吃了。目睹这样的现实，我不禁感慨日本人真是充满了学习热情。

德国的圣诞节格外安静。整座城市都包裹在静寂中，流淌着清新的空气。我甚至能感受到每个人都与家人共度着温暖的时光，自己也充分体会到了那样的恩惠。可是问题在于年夜，德国的嘈杂可谓超出常识。到处都有人发射烟花，轰隆隆的响声要一直持续到深夜。

一年当中，只有这个时期允许购买烟花，人们可以在家中阳台随意发射。那阵骚动甚至会让人感到危险，不敢在外面走动，令我非常无奈。到新年出门一看，道路上堆满了垃圾。

无论圣诞节还是新年，我都想安静度过，这该如何是好？

第二章 母亲种种

厚蛋烧

母亲对料理极不敏感,平时做饭的人几乎都是祖母。尽管如此,母亲还是每天都为孩子和丈夫制作便当,休息日还用一口大锅煮些荞麦面。由于工作繁忙,母亲最擅长的就是不需要花时间的快手饭菜。

她虽然不擅长做饭,唯独厚蛋烧做得特别好。母亲用旧煎锅做的厚蛋烧又甜又软,我直到今天都做不出那种效果。恐怕,这一辈子都做不出来了。

便当里几乎每天都有厚蛋烧。早上一起床,我就能看见母亲在厨房里煎蛋。热乎乎的厚蛋烧被移到砧板上,再用菜刀切块。此时切出来的厚蛋烧"边角料"是我的最爱。

我每次都忍不住从后面伸手过去偷吃，不知被母亲责骂过多少次。

母亲总会把左右的"边角料"放在小碟子上，给我当早饭小菜。便当里的厚蛋烧吃进嘴里已经凉了，不过早上的"边角料"却还温热柔软。一家人只有我能享用到"边角料"，这也让我得意不已。

现在回想起来，我觉得自己做了一件坏事。读高中时，我跟母亲吵架，母亲说了很不讲道理的话，于是我一时气不过，当着母亲的面把她做的便当扔进了垃圾桶。后来我马上就反省了，可直到现在也觉得很对不起母亲。

我打从懂事就进入了叛逆期，把母亲当成最好的反面教材，坚决不要变成她那个样子。我真的很讨厌母亲。如果我有了孩子，还被孩子这样讨厌，我肯定没法活下去。对母亲的厌恶让我十分笃定：如果自己处在那种厌恶之中，绝对不可能忍受得了。

前不久，我在家附近走着，看到同住一幢公寓的人正牵着女儿的手。那人可能跟我差不多大，平时我们擦肩而过都会互相问候一下，不过那天她跟女儿一起唱着歌，并没有发现我。两人牵着手，看起来很快乐。

我是否也对母亲露出过那种毫无保留的笑容呢？希望有吧。尽管我打从懂事就进入了叛逆期，但我忍不住希望，在我懂事之前，也曾经那样注视着母亲，让她沉浸在生下这个孩子真好的幸福中。

尽管我对此没有记忆，但我还是忍不住抱有一缕希望。

香　颂

　　东京明明那么晴朗，可是一进入通往米泽的山口，目光所及之处就变成了白茫茫的雪景。不仅如此，雪花还不断从空中飘落下来。我感觉，那些雪花仿佛在拼命抹杀过去的污点和过错。

　　我要去老家山形看望母亲。或许，这就是我们最后一次见面了。出于某些原因，我与父母几乎断了联系。当时的情况让我不得不这样做。好几年的沉默之所以被打破，是因为母亲被诊断出癌症，父亲也患上了轻度的痴呆症。

　　母亲又一次住进了生下我的医院。她已经是癌症晚期，还出现了癌细胞转移，随时都可能撒手人寰。我走进病房一看，发现母亲正躺在床上。她看到我，瞪大眼睛问："怎么了？"原来，最近母亲也出现了痴呆症状。

真是波澜万状的人生。

她曾对年幼的我说：人活下去需要的不是爱，而是钱。并且每年过圣诞节都会给我一万日元红包。

我一直反抗这样的母亲，把母亲当成自己的反面教材。母亲的感情起伏激烈，对人说一不二，而她的说一不二，也会在隔天完全反过来。母亲一旦被激活怒气的开关，就无法压抑感情，甚至对孩子施展暴力。我每次都咬牙忍耐着她的无理取闹。我的反骨正是母亲用棍棒敲打出来的。字面意义上的敲打。

那样的母亲如今被裹上了尿布，虚弱地躺在床上。母亲真的失去了一切。那样的母亲还为我担心回程的新干线，小声呢喃着你早点回去吧。

"谢谢，你好坚强。我没能孝顺你，真对不起。"

我贴着母亲的脸颊，说出了久久没能开口的话语。我总算赶在她一息尚存的时候，说出了那些话。

结束此生的道别后，我走进了曾跟母亲一起来过的咖啡店。这是我在母亲过生日那天，用自己的零花钱请她吃蛋糕的地方。咖啡店还是老样子,依旧流淌着香颂的旋律。

我坐在以前跟母亲相对而坐的角落座位上,独自喝了一杯奶茶。雪越下越大了。临走时我问店主,得知这家店已经开了三十三年。三十三年前,我明明那么喜欢母亲……

走出店外,我没有撑伞,而是流着泪在雪中前进。我庆幸自己赶上了,又后悔自己现在才出现,心中充满复杂的感情。

回到东京,天空还是那么晴朗,三小时前的大雪变得好像一场梦。

今夜月色很美。

脸　颊

看着身体衰弱、已经有些糊涂的母亲，我头一次感到了对母亲的依恋。我是那么依恋母亲，恨不得将她紧紧拥在怀里。

母亲在外有工作。那是一份时间很不规律的工作，有时甚至要彻夜上班。每逢那些日子，她的勤务表上就写着"傍晚开始"。

对年幼的我来说，"傍晚开始"是很可怕的字眼。母亲傍晚出门，意味着我放学回来，她已经离开家了。这样一来，就有好长一段时间见不到她。凡是"傍晚开始"的日子，母亲都会下午四点左右开车出门。如果我在学校，到了那个时间便会认命，若不在学校，就会一直惦记着时间。

那天时间真的很紧，还在上小学一年级的我一放学就跑了出去。

如果像平时那样走路回去，就绝对赶不上了。我背着叮当作响的书包，闷头使劲往前跑。我跑啊跑啊，终于气喘吁吁地回到家，发现停车场里看不到母亲的车，顿时陷入了绝望。那种感觉我至今记忆犹新。母亲一言不发地丢下我离开了，这让我感到无比悲伤。

按照排班，母亲有时会深夜回家。在小学那段时间，我还跟母亲写过交换日记。我把每天发生的事情画在本子上，母亲回家后在底下回复。我最期待的事情，就是早上起床翻开那个本子。

一天夜里我突然醒了，发现母亲跟我贴着脸颊。她是平时都这样，只是我睡着了不知道，还是那天偶尔如此？我无从知晓。母亲并不知道我发现了这件事，但是那一刻的记忆，支撑了我很长时间。

此生道别时，我对母亲做了同样的事。那是我第一次主动触碰母亲的脸颊，触感那么柔软，就像刚捣好的年糕。

正如我奢望着母亲的爱，母亲也奢望着我的爱。母亲多么希望我能够爱她，可她又是那么笨拙，无法表达自己的意思，只能用完全相反的行动将我越推越远。

得知母亲确诊癌症后，我切换了自己的感情，反过来成为这个人的母亲。我已经不能寻求母亲的爱，并且有自信在没有母爱的情况下活下去。现在，我只对母亲这个存在有着无限的依恋。从感受爱的一方变为倾注爱的一方，让我无比轻松。

现在我想，母亲一定也希望得到爱吧。

撒　谎

　　直到四十多岁，我都一直在做被母亲追逐的噩梦。原因很清楚，因为小时候母亲经常追着我打骂。当时的恐惧至今仍深深渗透我的身心。

　　母亲的打骂全都因为一些琐事。她让还在上幼儿园的我做小学生的算数和汉字谜题，做错了就要打我耳光。我一跑，她就追着打。小时候，我总是放声大哭。因为孩子和大人有着难以逾越的力量差距，父母便是绝对，除此之外，无法想象别的生存之法。我的童年充满了毫无道理的委屈。

　　随着身体的成长，我渐渐能够从母亲的暴力中保护自己。尽管如此,我还是时刻害怕母亲突然暴跳如雷。直到长大成人,那种恐惧都没有消退。

我上小学时,老师叫我们每天回家写日记,第二天拿到学校检查。可是,我不能在日记上写今天也被母亲打骂了。尽管我还年幼,却已经理解了家丑不可外扬,千万不能轻易对别人说自己遭受了暴力对待。

由于我无法书写自己的日常,只能用一些破碎的故事和诗歌来蒙混过关。因为不能写实,我选择了虚构。就这样,我学会了公然撒谎的方法。老师特别高兴,也在我的本子上写下了高兴的感想,于是我便更加热心地投入其中。

结果,那就成了我"书写"的原点。只有在书写的过程中,我才能忘却现实,得到自由。

如果我生长在平静的家庭,母亲不是那种施展暴力的人,那么我就无法像现在这样以写作为生,绝对无法成为作家。是母亲将写作给予了我,这是来自母亲的最大馈赠。

这一年来,我已经不再做被母亲追逐的噩梦了。最近做的梦,是我的作品被拍成电视剧,母亲带了好多樱桃到拍摄现场去看望我。在梦里,我知道母亲来到了拍摄现场,但没有把她赶走。母亲站在稍远的地方,好奇地看着拍摄工作。

我并不想来世也与她做母女,但是会想,如果当个邻居,应该能相处得不错吧。

最后的考验

我偶尔会遇到关系十分亲密的母女。她们把彼此当成人来尊重,母亲不将女儿视为私有物,而是在保持一定距离的基础上与之亲密相处。每次看到那样的母女,我就会艳羡不已,心中感叹:真好啊!

我所知的母女关系,是永无止境的斗争。时而激烈冲突,时而互不理睬,在煎熬中一路走来。我一直想尽快离开家,尽快结婚组成新的家庭。因为我很早就知道了自己没有归宿,因此特别独立。在这个意义上,或许可以说母亲是个非常好的家长。

大约一年前,我脑中产生了一个茫然的疑问:我为何会摊上这样的父母？孩子无法选择父母，就像抽签一样，要是碰到好父母当然幸运，反之，则要承受莫大的痛苦。

我心中的疑问越来越大，有一天终于下定决心去找了占卜师。那个人会根据出生年月日和时间地点进行占卜。我原本不太相信这套，只是当时已经不顾一切地想抓住救命稻草。随便什么都好，我只希望得到一个自己由那个母亲生下的理由。

占卜师说，我前世相欠于母亲。原来如此，原来我上辈子得到了母亲的帮助啊！既然是前世的事情，那我也无能为力。听了这番话，我一下就接受了现实。既然如此，我有母亲这样的家长也说不得什么了。占卜师又说，现在的困难是对我灵魂最后的考验，如果能够通过这项考验，我的灵魂就能跳出轮回，不再为人。

太棒了！我当时就在心里摆出了胜利的姿势。我时常有做人真辛苦的想法，不过只要突破这个难关，我就能永不做人了。

当然，那只是占卜，不一定是事实。可就算不是事实，能够引导出这样的想法，也让我得到了救赎。听了占卜师的话，我顿时感到释然，还接受了我与母亲之间的问题。

这次最大的收获,就是我开始认为这是上天对我的考验。如果那时我没有去拜访占卜师,或许至今仍在苦闷的日子里饱受煎熬。

送走母亲后,我已经进入了解开数学难题之后的心境。虽说得不了满分,但我只要及格就足够了。

连衣裙

母亲确诊癌症,经过化疗未见成效,于是从医院转到了护理院。由于无力整理行囊,母亲便把我叫了过去。

母亲带到护理院的东西几乎都用不上。我一样样问她:"这你还要吗?"同时将可能有好几十年历史的内衣和服装不断塞进垃圾袋里。在护理院不需要多少换洗衣服。

整理物品的过程中,我发现了一条连衣裙。它以绿色和蓝色为底,描绘着芙蓉花纹。到学校参观课堂和一家人外出用餐时,母亲总会穿上那条连衣裙。穿上那条裙子,母亲的表情会变得格外明亮,看起来特别好看。

"这条裙子怎么办?留下来,还是扔掉?"

我问了一句，母亲眯起眼看了一眼连衣裙，然后哽咽着说："要是还能穿它出去就好了。"因为她可能活不到明年夏天了，就算能活到，也再没有能够穿这条连衣裙的场合了。

"那就不要了是吧，我扔了。"

说着，我把那条连衣裙揉作一团，塞进了垃圾袋。母亲擦起了眼泪。她想出去吃午餐，想去泡温泉，可是连这些小小的愿望，我都没有替她实现。

接到母亲去世的消息时，我最先想到了那条连衣裙。我怎么就把它扔了呢？早知道应该让她穿着那条连衣裙下葬啊！我为自己的不周到而悔恨不已。

母亲在世时，我一直想问问她，她向来爱说只要有钱就能幸福，在临终之际是否也依旧这样想呢？我很想知道，母亲按照自己的想法活了一辈子，究竟是否幸福呢？还是说，她在后悔自己的人生？

我向几乎没有了清醒意识的母亲问道：

"妈妈，你这一生幸福吗？"

母亲微微笑着点了点头。我想，母亲真厉害。她经历了这么多艰难困苦，还是能断言自己的幸福。

每次看到美丽的黄昏,我一定会想起母亲出殡时的妆容。已经许久没有穿过外出服的母亲最后穿上了崭新的衣服,化了美丽的妆容,被包裹在她最喜欢的鲜花里。我几乎没有见过面容如此安详的母亲。陷入永眠的母亲,是那么温柔而美丽。

宝 贝

最后一次与母亲通话，是在我四十三岁生日那天。那个电话是从护理院打来的。由于那段时间一直没有通电话，我还以为母亲不会打来了。原来，母亲还记得我的生日。母亲说："生日快乐。有我这么一个妈妈，真是辛苦你了。对不起。"我回答："没关系。"从某方面来说，这是事实。可是，我得到了母亲的道歉，已经十分满足。

她后来再打电话，我没听到铃声，就这么错过了。母亲在留言箱里给我留下了信息。"你下次要写什么样的作品？加油啊！"她的声音那么微弱，而且从未说过那样的话，让我猝不及防。我反射性地删掉了那条留言，但是在删掉之后，我就后悔了。

在此之前，我几乎从未在随笔和采访中触及过母亲的话题。母亲对我来说是个禁忌，就像路旁的水洼一样，总要刻意绕开。

母亲一定希望我写写她。每次我谈到家人，说的都是祖母。对母亲来说，祖母才是她真正的母亲，而祖母也是为母亲结结实实哭过一场的人。我与祖母度过的时间很长，是祖母养大的孩子，所以一提到家人，我最先想到的都是祖母。

而我现在却写起了母亲。因为我决定，在母亲的头七过完之前，要一直以母亲为话题。因为头七之前，死人的魂魄还逗留在这个世界上，说不定母亲也会读到这些文字。这便是我对她的祭奠。

做完此生别离后，我伤心欲绝。若不刻意让心化作磐石，我可能随时都会流下泪来，再也抑制不住。我平时几乎从来不用手帕，可是万一发生那种情况，没有手帕应该很难应付，便不得不随身带上了手帕。

后来，我在整理邮箱的时候，从被命名为"宝贝"的文件夹里找到了一百多封十年前我跟母亲往来的邮件。连我自己都忘了这件事,所以我吃了一惊。

那些邮件里藏着我从未发现过的母亲的模样。原来,我们也曾有过那样的时光。如今,我决定心怀感激地活下去。我不会哀叹已经失去的东西,而要珍惜尚未失去的事物。母亲一定也希望我这样。

忧郁的日子

多年以来,每到这个日子,我就会陷入忧郁。这个日子就是母亲节。我心怀纯粹的感情给母亲献上康乃馨的次数,恐怕屈指可数。康乃馨在我眼中是将表面功夫强加给我的花,每到母亲节这个日子,我的心情都会极为复杂。

母亲爱孩子,孩子爱母亲,这便是普遍认为的理想关系。当然,我也希望如此。只是现实并不如我所愿。

若问与母亲不和最痛苦的事情是什么,不和本身固然痛苦,但更让我痛苦的是难以向周围言说,也难以得到理解。

生在好父母膝下的人似乎很难想象父母伤害孩子这种

事，可现实中确实存在伤害自己孩子还面不改色的父母。就算没有发展成事端，可是在生活中，一些父母会有意无意地伤害孩子的心，给孩子以致命创伤。

我认为，亲子关系就像抽签。虽然也有人说是孩子选择了降生在什么样的父母家中，但我不怎么相信。其中可能的确存在明确选择父母的孩子，但至少在我身上不是这么回事。

如果抽到大吉，遇到优秀的父母，当然是无比幸运的。可一旦抽到凶签，孩子就会饱受苦难。因为孩子要长到一定年龄才能离开父母，在此期间，一旦身心受到了重大创伤，那孩子就不得不一辈子背负着那些创伤活下去。父母对孩子造成的影响不可计数。

以我为例，母亲活着的时候，我们一直无法保持很好的关系。我绝不算是贴心的女儿，也曾多次伤害过母亲。可是母亲去世后，我渐渐理解了她的辛苦和伤痛。现在，我由衷地赞颂着母亲的人生，并且感谢她孕育抚养了我。母亲真的非常努力。

我头一次毫无遮掩地写了母亲。或许，我并不需要写她。可是我希望能向跟我一样苦于亲子关系的人传达一些事情：陷入痛苦的人，并非只有你一个。

　　我和母亲的关系到最后都没有好转。如果这件事能给他人带来帮助，那么母亲应该会非常高兴。母亲自身在晚年给许多人添了麻烦，我希望她去世后能够帮助到一些人，以减轻她的罪恶感。今后，每逢母亲节，我都想大大方方地装饰许多康乃馨。

铁　壶

每天早上起来，我会先烧一壶水。为此我还请人从日本给我寄了一个铁壶。家里其实有电热水壶，而且烧水特别快，可我就是喜欢用铁壶烧水。可能是我的错觉吧，我总觉得电热水壶和铁壶烧出来的水味道不一样。而且我感觉电热水壶烧水快，凉得也快。那可能是因为水不满意自己一下就被烧沸了，在悄悄发脾气。

我用铁壶烧水时，水开了不会马上关火，而是先让它沸腾一段时间。不是我自夸，柏林的水质特别硬。由于自来水管道老化得厉害，我并不会像在日本那样接了水就咕嘟咕嘟地喝。在水这方面，还是日本优秀得多。

沸腾一段时间后，我会拿起开水泡茶。泡好之后先给佛龛的小茶器倒上一小杯，随后倒进自己的马克杯里。

我在能够俯瞰公园的窗边安放了佛龛。虽说是佛龛，也不是那种双面开的柜子，更没有供奉佛祖，只是将青鸟摆件当作佛祖，平日里敬敬香茶。

敬完早上第一壶茶，我就点燃线香，朝空中合掌礼拜，向祖先献上感谢之情，低头请他们关照母亲。然后我会在心中默念：妈妈，今天也要加油哦。这就是我每日的日课。

在母亲去世之前，我其实一点信仰都没有。因为我认为死亡就是归零，甚至对坟墓这种存在深感疑惑。不过，我现在真实感受到了祈祷的重要性。我意识到生命的逝去并不意味着存在的消失，母亲在我心中的存在感反倒更为浓厚，与其说天人永隔，倒更像始终融为一体了。现在不仅是母亲，我还感到了众多祖先的守护。这就是母亲教给我的一件重要的事。

清晨给佛龛奉茶时，我都会想起母亲以前每天早上给我做的便当。我终于意识到，相比母亲为我做的事，我现在为母亲做的事实在太渺小了。

我在柏林使用的铁壶是用河床铁砂铸造而成，我小时

候放暑假,每年都要跟母亲去那条河里捞小鱼。上小学的夏天,最让我感到快乐的事,便是跟母亲到河边玩耍。

当开水在铁壶中沸腾起来,幼年夏日的记忆也同时在我脑中复苏了。

冰激凌

　　柏林有许多好吃的冰激凌，而且特别便宜。有时外出吃饭，我会点冰激凌当餐后甜点，有时还会跟朋友相约在冰激凌店，高高兴兴地聊上一两个小时。这里的男性也经常吃冰激凌，我总能看到西装革履的白领下班后高高兴兴地吃冰激凌，也总是忍不住微笑起来。

　　我觉得，只花一欧元多就能跟家人、恋人、朋友分享美味的冰激凌，这正是柏林的魅力之一。有时候，一天最大的乐趣就是享用一个冰激凌。光是想象今天要去哪家店吃什么口味的冰激凌，人的心情就会振奋起来。

　　我与母亲最后一次见面，是在她去世那年的元旦。她当时已经无法用自己的声音来表达想法了,而且饭也吃不下,又一直高烧不退,只能一个劲地痛苦呻吟。我陪在母亲身边,能做的只有握住她的手,偶尔对她说说话。

其间,我决定回东京一趟,还对母亲说了这件事。我知道,那可能是我最后一次见到母亲了。我对母亲说:"已经是最后一次了,你就笑一个吧。"母亲理解了我的意思,对我露出了笑容。

离开医院,我边哭边向车站走,通过新干线检票口时,我突然很想吃冰激凌。当时是冬天,外面很冷,那种时候我本来不想吃冰激凌,应该是不想吃冰激凌,可我的身体却发出了强烈的要求。

我控制不了那个冲动,便跑进了车站的小卖部。可是,那里没有我平时爱吃的冰激凌。实在没办法,我只好买了拉法兰西梨的杯装冰激凌,坐上了新干线。

因为我没有妊娠经验,所以很难想象。但我猜测,那种强烈的冲动应该很像孕期的食欲吧。那种体验真不可思议。

几天后,母亲去世了。后来我回想起来,母亲那天在病床上应该特别特别想吃冰激凌吧。母亲病房的抽屉里有好几张冰激凌的小票,可是她已经无法自己去买,也无法请别人帮她买了。于是,那种心情可能就传达到了我身上。只有这种可能。所以我吃冰激凌的时候,总会认为去世的母亲也在跟我一起吃。

雌鹿摆件

我并不是那种灵力很强的人,也几乎没有遇到过怪异现象。顶多有意识清醒却动弹不得的经历。尽管如此,在母亲刚去世时,我还是遇到过一些不可思议的事情。

我家厕所安了一个小架子,我把从德国某地买来的手工木雕鹿摆在了上面。那些木雕十分精巧,每个大小约为五厘米,四条腿巧妙地保持着平衡,能够站立起来。

母亲去世大约一周后,原本稳稳站立的木雕中,唯有一头雌鹿掉在了地上。我一开始还以为是什么震动让它失去了平衡,便没多想就摆了回去。可是,同样的事情又发生了两三次,而且它掉落的地方与我放置它的地方实在没有什么联系。无论怎么想,从架子那个位置掉下来都不可能落在那里,这实在太不自然了。

我突然想到是不是丈夫在恶作剧逗我,但是又没什么证据。更何况每次掉落的都是那个雌鹿摆件。

莫非我即将遇到什么麻烦,而那头雌鹿正在拼命提醒我?这就是我接下来产生的想法,不祥的预感让我胸口苦闷不已。

可是在我不知第几次拾起雌鹿摆件时突然想到,莫非是母亲在对我说:"我能做这种事了哟。"

现在回想起来,我总觉得母亲其实希望得到我的夸奖。她不是对孩子施与爱意,而是想从孩子身上求得爱意。当她达不到这个目的,就会陷入混乱,有时甚至抑制不了自己的冲动。明明是如此简单的事情,我却直到母亲去世后才意识到,这让我十分惊愕。

从那以后,我每次见到雌鹿摆件掉落在地,都在心中大加称赞母亲。好厉害,好厉害,再多表演一点让我看看吧。然后,母亲就会在我脑中露出骄傲的笑容。其实我应该在母亲在世时对她说这些话才对。

当然,我并不知道真相。可是因为坚信是这样,我感到自己得到了一些救赎。能够感到母亲就在身边，我与母亲同在，对我来说就是小小的安宁。

几个月后，我便不像那时一样感觉母亲近在咫尺了。

母亲会在盂兰盆节回来看我吗？希望她会来。我要连同她生前那一份，好好款待她。

运动会的栗子饭

小时候，运动会一直是秋天的活动。说到秋天，我就想到食欲之秋。我对运动会本身虽然没什么记忆，但至今仍清楚记得自己十分期待运动会中午吃的便当。

每当运动会临近，母亲就会在下班途中接连走进好几家果蔬店，四处查看当年栗子的质量。运动会当天的便当一定是栗子饭。而且，母亲还会向我汇报今年哪家店的栗子好，今年比去年贵了还是便宜了。要是买不到好栗子，她就会感慨今年只有小个儿的，整个人特别沮丧。

从各家果蔬店评选出今年的金牌栗子后，母亲就会在运动会前一天买回来剥掉外壳，并在第二天早上煮成栗子饭。母亲做的栗子饭加了糯米，散发着淡淡的酱油香味，就算凉了也很好吃。哪怕没有菜，只要能吃到栗子饭，我心中的运动会就算圆满了。

外面卖的栗子饭常用甘栗做的甘露煮，而我很不喜欢那种味道。因为那样就像吃点心，总感觉不太对劲。栗子饭就应该剥生栗子来做，否则就吃不出栗子天然的清香。

说得容易做起来却难。几年前我一时兴起，想自己做做栗子饭，没想到难度竟然超乎想象。我还专门查了轻松剥栗子的方法，但基本上都要一点一点用手剥掉硬壳和薄膜，而那堪称一场艰难困苦的作业。用热水泡上几小时，硬壳剥起来稍微容易了一些，但是里面的薄膜只能用菜刀一点点削掉。

剥着剥着我就开始手酸、肩痛、眼花。可是一不小心就会让菜刀切到手，所以只能瞪着眼睛坚持到底。等我剥好所有栗子已经身心俱疲，连连喊着再也不做栗子饭了。而且我千辛万苦把栗子饭做好，丈夫却不怎么喜欢吃，更是让我大失所望。

我回想起母亲拿着菜刀剥栗子直到深夜的背影。这道工序我只做一次就放弃了，母亲却每年都毫无怨言地默默做着。

那可能是为了看到女儿高兴的笑容吧。我在这时才意识到母亲的心意，不禁流下了眼泪。

母亲在晚年时，曾到山上拾栗子回来做成栗子饭寄给我。山上的栗子比市场上的栗子小，剥好之后更是没有多少。可是那些小小的栗子，正是母亲对我的爱。

温柔与坚强

二〇一七年,我连续失去了双亲。在拉脱维亚的自然信仰中,苹果树是守护孤儿的神树,人们考虑到每个人总有一天会变成孤儿,都会在家中院子里种下苹果树。按照这个思路,我也成了孤儿。

不论善恶,母亲是个性子激烈的人。她坚信自己绝对正确,别人胆敢对她提意见,她就会突然爆发。于是不知从何时起,父亲不再提出与母亲不同的想法,而是埋头顺从。如果不这样,父亲恐怕活不下去吧。他抹杀了自己,不再正视现实,潜进另一个世界悄然生活着。父亲性格温和,与人为善,是个深思熟虑的人。

可能正因为如此，有时父亲明明在家，却让人感觉他并不在。我的小说中很少有"父亲"这个角色登场，可能就是在无意识中受到了这种家庭背景的影响。对我来说，父亲就像是透明的存在。

尽管如此，我依旧记得在我还小的时候，父亲是个爱为我操心，也对我十分温柔的人。我时常坐在父亲膝头看电视，父亲也时常带我去公园玩儿，或是出去购物。

我至今还记得父亲带我去看流动动物园，还一起看了白色小狮子。我也依稀记得每次跟父亲两个人出门，总有点不太放心的感觉。

我上小学三年级或四年级时，父亲遇到了交通事故。他下班回家路上被车撞了。警察打电话来时，接电话的人是我。听到那边说"你父亲遇到交通事故了"，我脑中立刻浮现出浑身是血的父亲，一时呆愣在那里。很快，我就跟祖母和姐姐她们一起赶到了医院。

父亲伤到韧带，做了好几个小时的手术。手术成功时，母亲不顾周围的视线哭了起来。

后来，父亲努力复健，以惊人的速度恢复了。如今想来，因为那场交通事故，父亲好像被调离了他视作理想的工作。

尽管如此，父亲还是坚持工作，直到退休。

父亲的人生幸福吗？如果父亲一早与母亲分开，他的人生和我的人生一定都会截然不同吧。血缘这种东西有时很麻烦，很棘手。它可能变成情感的维系，也可能变成人生的束缚，着实可怕。

父亲倒下之前吃的最后一顿饭是我做的牛蒡炖牛肉饭。那是父亲的母亲，我的祖母最擅长的料理。我紧握着父亲教给我的温柔和母亲教给我的坚强，毅然踏上孤儿的人生之路。

手工佛龛

母亲去世后,季节又轮转了一周。原本并无信仰的我,如今每天早晨都会合掌祈祷。我在柏林的寓所窗边开设了一个小小的祈祷之处,摆着一个算不上有多气派的佛龛。

一开始上面什么都没有,我就把朋友送的小鸟镇纸摆上去,给它奉茶膜拜。我把我最喜欢的艺术家制作的玻璃器皿用作香炉,因为有一回我想喝中国茶,倒入热茶后玻璃裂开了。虽然已经装不了液体,但是还能装灰,所以它就成了我的香炉。

我用以前看到喜欢便买了回来的小酒杯来奉茶,还找出一只高脚盘来装点心。祈祷用的铜铃为合作已久的责编相赠之物，音色特别清亮。小花瓶里时常插着一朵母亲生前喜欢的野花。

佛像是京都一位年轻的佛师所制，质地为白陶，恰好能放在掌中。佛龛里的一切都那么小，让我有种过家家的感觉。最近我又在上面添了蜡烛，如此一来，手工佛龛就算布置好了。

清晨，我在小酒杯里倒上热茶，点燃线香，合掌默祷。目光顺着指尖向外延伸，能看到柏林标志性的电视塔，站在那个角落，自然而然地就会形成向天空祷告的模样。

我每次默祷的内容已经基本固定下来了。

"感谢爸爸、妈妈、爷爷、奶奶、各位祖先，以及所有延续了生命的人。感谢你们始终温暖地守护我。请你们保佑我今天一天平安无事。愿所有生灵幸福安康。"

细节处时常会有变动，但基本就是这些内容。默祷完毕后，我就开始喝自己的茶。

父母去世后，我反倒觉得与他们更亲近了。同时我也有了一种真切的感觉，仿佛许多看不见的人都在默默守护着我。

忌日那天，我起了个大早给佛龛奉香，还摆上了母亲喜欢吃的蛋糕。自从我听说故人喜欢的食物是很好的供养，就一直惦记着。晚饭时间，我想起母亲以前在庙会的小摊上吃到韩国煎饼特别高兴，就去韩国料理店点了煎饼。我重读了母亲十多年前发给我的邮件，在心里对母亲说了许多话。

充满感慨的一天就这样过去了，结果这时候我才发现，原来我把日子记错了，第二天才是忌日。如此这般，我就连吃了两天蛋糕。

我这个女儿，也就这样了。

第三章

不花钱的幸福

物欲消失

柏林有一点让人很放松，就是不会遇到"我必须花钱"的强迫观念。住在柏林的人都说，待在这里会让人的物欲渐渐消失。

对柏林人来说，人生的一大主题就是如何不花钱得到快乐。所以那些真正没钱的人和其实挺有钱的人，都会竞相摸索"不花钱得到幸福的生活方式"。

我也一样。来到柏林的瞬间，我就开启了节约模式，整日思索如何不花多余的钱却过得快活。这就像一场游戏，很有意思。柏林的这种幽默，让我感到特别舒心。

这里的人好像习惯于将自己不需要的东西放到家门

口，偶尔走在路上就能看到杯子、碟子和家具等随意放在那里。这是暗示"请自由拿取"的互助系统，我一开始还疑惑这东西真的有人拿走吗？结果接下来的两三天，那里的东西会一点点减少，等我回过神来，就什么都不剩了。

我也从路边拿过几次东西。如果在日本，我可能会很在意别人的目光，但是在柏林，只要是能用的东西，人们就会充分利用。当成垃圾扔掉只是处理一件物品的最终手段，而在此之前，人们会想尽一切办法去使用它。就连自行车也要拆成零件，把能用的重复利用起来。

我见过有人把长靴和手动绞肉机当成花盆来用，某位艺术家还将意式咖啡机的一部分拆下来做成了小小的台灯灯罩。那都是些让人忍俊不禁的绝妙主意，恨不得一拍大腿感叹：原来还能这么用！

待在日本容易陷入一种盲信，觉得只有花钱消费才能获得幸福。所以人们为了赚钱而加班，甚至休息日上班，有时不惜搞坏身体拼命工作。企业也都绞尽脑汁想从消费者口袋里尽量榨出钱来。买新衣服、到热门餐馆吃饭固然快乐，但是我想，日本是否也像柏林一样，存在着不花钱也能获得幸福的方法呢？

从远处打量日本，会发现整个日本就像个巨大的购物中心。在"服务"这个名头之下，什么事都要花钱，钞票不断地从钱包里消失。所以我在日本的时候，希望至少在星期日过一下不花钱的生活。虽然，这也是一项艰难的尝试。

可有可无的东西

不持有的生活正在受到很多人的关注，而我就是那种想尽量保持空手的人。无论是平时外出，还是走在人生这条漫长的旅途上皆如此。一些可有可无的东西，我会极力不去拥有。

车子，我连驾照都没有。这在其他地方可能做不到，但只要生活在大城市，就不怎么需要用车。因为移动可以靠电车和巴士，赶时间或东西多的时候，可以叫一辆出租车。

我居住的小区里有居民都能租用的自行车，因此要用的时候去租即可。没有自行车，也并非过不下去。

我也没有手机。说来惭愧,如果有人递一台手机给我,我是一点儿都不会用。经常一不小心按到奇怪的按键,然后惊慌失措。因为我基本在家工作,只要家里安装了座机便足够。

现在,上至老人下至小孩儿都普及了手机,但是大约三十年前,真的只有一部分特殊职业的人需要用到手机。

我娘家也一样,只有一台古色古香的黑色电话机,而且还放在茶室里。那时的电话连分机都没有,所以不管是朋友打电话还是男友联系,我都要当着全家人的面,压低声音小心挑选措辞。

现在,电话已经能够直接打到要找的人手上,而且在接电话之前就能知道是谁打来的。那个给异性家里拨打电话还会心跳加速的时代已经结束了。而且,"拨打"这个词本身也正在成为死去的话语。

随着手机的出现,男女之间的关系想必也发生了变化。以前人们谈禁忌之恋,光是事先约定幽会的时间都要花掉好大的工夫。不过现在,只要有手机就能解决。

我很喜欢向田邦子这位作家,在她创作的《宛如阿修罗》中,有这么一个场景深得我心:正在偷情的丈夫试图用公共电话联系情人,不小心拨打了自己家的号码。妻子听到丈夫打错的电话,确信他已经出轨了。可是这个场景需要有公共电话才能成立,如今这个设定本身已经行不通了。多亏手机的普及,可能禁忌之恋也方便了不少。

对大多数人来说,他们已经不怎么需要公共电话,但对我来说,它还是一样必不可少的东西。不持有的生活真正要过起来,其实也不轻松。

拉脱维亚"十得"

虽然说不上人生心得,不过我家厕所里贴着一张手写的便笺。那是我将拉脱维亚自古流传的"十得"翻译成日语的文字。

若问为何要贴在厕所墙上,当然因为那是每天必然要看到几次的地方。我用纸胶带把便笺牢牢贴在了比较靠下,坐在马桶上刚好能看到的位置。这样一来,家里来客人的时候,我也能向他们低调地传达重要的信息。

可能很多人一听到拉脱维亚,脑子里只会冒问号吧。其实我也一样。以前我根本不知道拉脱维亚在哪里,首都叫什么。可是,如今的我已经彻底成了拉脱维亚的裙下之臣。我坚信,拉脱维亚就是我的灵魂故土。

那次邂逅发生在二〇一五年夏天。我为了一个以此地为舞台的故事,展开了为期一周的采访之旅。当时我第一次看到知足并善于让生活丰富快乐的人们,被他们的美丽深深地感动了。

他们的生活态度和思考方式扎根于拉脱维亚自古流传的自然崇拜。就像日本的八百万之神一样,拉脱维亚的太阳、大地、树木和水流都有自然之神寄宿其中。神明与人们的生活同在。

我向拉脱维亚人询问他们重视的事情时,有人道出了"十得"。我对那"十得"进行了一番理解,最后写成了厕所墙上的那些话。

"时刻采取正当的行动。与邻人为善。为社会无私奉献自身的知识和能力。认真而快乐地工作。完成各自的使命。时刻向上、磨炼自己。对家人、邻人、故乡、自然等衣食住的一切心怀感激。无论境遇如何,都要积极开朗。不吝啬、要大方。凡事将心比心。"

拉脱维亚"十得"不是说教,也不是规范,而是一种呼吁。它体现了对人性之善的坚信,我感觉十分美妙。同时我也学到，在生活中努力平衡这十点是极为重要的事情。

从那以后，"十得"就成了我的生活甚至人生的指导。我也要开朗、清正地活下去。

裸　雏

我到大船去参观了女儿节人偶。一座得到悉心照料的古老日式房屋被改造成了展厅，里面排列着许许多多人偶。不管在哪个时代，女儿节人偶都是那么美好。

其实我父母家也有一套陈旧的人偶，只是忘了有多少层。每年快到上巳日，父亲就会架好台子，盖上红布，把人偶一层层摆上去。

母亲自豪地告诉我，那些都是明治时代制作的古老人偶，可我就是喜欢不起来。从盒子里取出的人偶有时会少了脑袋，或是头发凌乱，所以我小时候非常害怕与女儿节人偶单独碰面。

长大以后，我收集的女儿节人偶都是简陋的陶偶。那是我故乡山形县庄内地区流传的鹈渡川原人偶，相传以江户时代通过北前船从京都传过来的伏见人偶为原型。制作人偶时，先将陶泥填进木制模具中，脱模后等待干燥，入窑烧成素陶，然后涂上几层用明胶化开的胡粉打底，继而用颜料上色。

江户时代末期，大石助右卫门开始制作这种人偶，从那以后，大石家宗家和分家代代都传承着这个手艺。现在，传承会的人依旧严格按照古法不断制作陶偶。

我手上的女儿节人偶底下都刻着大石弥荣的名字。最开始收集到的是天皇和皇后，接着是三女官，然后是五稚童。可是我家没有摆放人偶架的空间，只能把所有人偶一字排开。这样显得人偶像是在挤满员电车，但也没办法，真是对不起。

虽然有几年因为过于忙碌而没有时间拿出来摆，今年总算是有了点闲暇。听说有女儿的家庭都会早早把人偶收起来，因为摆的时间越长就越晚结婚，但我家不需要担心这个，所以会把女儿节人偶一直摆到樱花盛开的时节。因为是陶偶，丝毫看不出普通人偶的脆弱之处，显得质朴而低调，让我很是喜欢。那些人偶都有一副德行颇深的长相。

鹈渡川原人偶旁边还有一个我很宝贝的人偶，那是大阪住吉大社的特产——裸雏[1]。如文字所述，裸雏身上光溜溜的，虽然天皇和皇后分别用笏和扇子遮住了重点部位，但总的来说就是光溜溜的。女儿节人偶本来就是靠华丽的衣裳引人注目，这种人偶却反其道而行之，身上一丝不挂，有时看到了会忍不住笑出声来。

这些裸雏仿佛在鼓励我：无论衣着多么华贵，人只要脱光了都是一个模样。真有种奇怪的豁达。

顺带一提，为了一整年都能相见，我把裸雏放在了餐具柜的角落里。

---

1 日语将女儿节人偶称作"雏"，故有此称。

柏林的节约精神

柏林还存在物物交换的系统，帮助别人得到一些小礼物属于日常之事。

我从朋友那里接手公寓房间时，也通过物物交换把费用控制在了最小范围。朋友把家居用品都留在了柏林，于是我就把本来要寄到柏林的电子产品、家具和餐具都送到了朋友在日本的新居。

要细细挑选需要和不需要的物品虽然有些麻烦，但我认为尽量不要一股脑儿花钱买新的，而是从他人手中接收不需要的物品，这样的精神非常好。我认为，得到朋友一直小心使用的物品，或是将自己有感情的物品转手给朋友继续使用，就能让物品产生历史，强化它的生命力。

在柏林，人们不会把还能用的东西当成垃圾扔掉。即使对自己来说没用了，或许其他人会需要。每当有那种东西，只要放到家门前，基本都会有人看上并带回家。我也曾把实在太重无法使用的煎锅等物品放到路旁，过几小时就全都消失了。这个系统对己对人都十分方便。

如果在日本，自己不要的东西必须花钱请人来收走，不过东京的公寓楼附近总能看到还能用的东西被放到垃圾区，让我感觉特别可惜。如果柏林的系统能在日本铺开，垃圾数量肯定会减少很多，但那也许非常困难。在柏林，就算不花大价钱买新东西，也能靠别人赠送或从外面捡回来的东西凑合。我觉得，这样就能让自己的生活更轻松。

此外，人们重复利用的方法极为独特，很擅长凭借自身的见解和主意找到不同于本来用途的用法。前几天我路过一家咖啡店，发现店里有个小号的旧浴缸被填上土做成了花坛。除此之外，我还见到过许多让人忍俊不禁的有趣用法。这些东西都告诉我，只要展开想象的翅膀，就能为物品找到更多用途。

第二次世界大战末期，柏林陷入惨烈的地面战争。城市化作废墟，目光所及尽是焦土。由于男人都上了前线，女人们便在废墟之中寻找还能使用的物品，竭尽全力复兴自己的城市。柏林的节约精神，或许就来自这样的过往。看到那些断言世上无垃圾的柏林人，我会由衷地钦佩。

美好的系统

我在东京的住处旁边就是饲养猪和鸡的养殖户。那里原本是发源于江户时代的林户,在广阔的土地上种了许多树。树林一角建了猪场和鸡场,用那里产出的厩肥来灌溉林木。

我家向来只在那里买鸡蛋。一袋鸡蛋五百日元,我认为这个价格很实惠。那家人门口摆了一个无人售货台,除了鸡蛋,还有新鲜蔬菜和鲜花。

我每天带狗散步都会经过那里,遇到刚产的鸡蛋和新鲜蔬菜时,心中会充满暖意。

最棒的还是那个无人售货台。想买的人只需把足量货款放进邮箱似的小盒子里就行。我曾为这个系统能够完美运作而自豪，可是今年夏天，购买方式突然变了。

原来是因为有人用五日元或十日元的小钱拿走了鸡蛋和蔬菜。于是无人售货任意挑选的方式被取消，改成了将蔬菜等商品摆放在储物柜中销售。真是太遗憾了。如果大家都遵守规则，那里就无须设置储物柜啊！

我在柏林度过了这个夏天，乘坐地铁、路面电车和火车时无须经过检票口，车票会自己通过检印机，加印乘车开始的日期和时间。

但是这里有人抽查，一些身穿便装的工作人员会走上来检查车票。如果手上没有票，或是有票却没有印日期、时间，就会被判定为逃票，要被处以六十欧元的高额罚款。

让我惊讶的是，这里几乎没有人逃票。他们可能从小就养成了买票意识吧。

我想，大多数人在我家附近的无人售货台都规规矩矩地花钱购买了蔬菜和鸡蛋。可是，因为一小部分人的贪婪之举，那个系统就再也无法运作，这让我非常遗憾。关键是一想到农户辛辛苦苦产出的产品被人几乎不花钱拿走的心情，我就特别难过。

五百日元一袋的鸡蛋有大有小，个性十足。那些鸡蛋可以用来做厚蛋烧，而且因为新鲜，直接做成生鸡蛋盖饭最为美味。

话说回来，柏林的交通系统有一点值得大书特书：周五晚上八点过后就算是节假日，只要持有一张周票或月票，就能带一名同伴和一条狗上车。也就是说，一张票可以让两人一犬乘车。各位不觉得这个系统很棒吗？

对吸尘器的不满

德国产品体形都特别大,而且又大又重。公寓大门、烹调用品、自行车、家具全都格外结实,所以又大又重。

因此,当我发现一样东西很不错,拿到手上一看,那往往是日本产品。因为上手毫无异样感,甚至有种莫名的亲切,最后仔细一看,上面写着 Made in Japan。搞什么嘛——我心里虽然这样想,但也感慨自己果然是个日本人,不由得有点高兴,又有点自豪。

最近我发现,日本和德国都有制造的天赋,但两者的目标可能不太一样。德国追求的就是结实耐用,而日本则为了更好的使用感而不断改良产品。

我头一次常住德国时，为这里过于陈旧的吸尘器吃了一惊。首先，这里的吸尘器特别大，当然也特别重。但最让我惊讶的还是性能并不好。当然，德国产的吸尘器中或许也存在让日本人都瞪大眼睛的优良性能，但我在德国遇到的吸尘器全都空有一副大骨架……让人深感遗憾。

一次，我直截了当地问一个德国人："你对这样的吸尘器有什么不满吗？"对方的回答是"没有"。德国人并不追求吸尘器过度方便，而且他们意识中的吸尘器就是这个样子，才会觉得不需要改良。他们似乎觉得吸尘器的用处就是吸走垃圾，只要能完成这个工作就好。这种基本思维与凡事都要追求更方便、更好用的日式思维显然不同。

前不久我出了趟远门，光顾柏林郊外的一家日本料理店。那是我一直想去的店。听说店主以前在日本从事建筑工作，柏林店铺的室内装修也由他自己完成。那片空间巧妙地利用了极具韵味的红砖墙，格外美丽温暖。

久违地品尝到正宗和食的滋味，我不由得感慨日本人果然心思细腻。细节处的用心真是日本人的独到之处。而日本人对这种用心的欣赏也让我很感动。他们在这块连柏林人都不怎么踏足的土地上扎下根来生活的身影，给了我无限鼓励。

外在坚强，内心细腻。我想要的正是这样的吸尘器啊！

"霍夫"的婚礼

每次乘坐的飞机在柏林泰格尔机场降落时，我总会为从空中看到的精致城镇格局着迷不已。几幢公寓聚在一起形成蜂巢的形状，并通过道路相连，形成一片街区。

我目前居住的公寓建成于一九〇〇年，已经有一百多年历史。在日本，几乎无法想象在如此古老的公寓里居住，但在柏林，这种情况其实很普遍。这里的建筑物主要分为旧房（Altbau）和新房（Neubau），前者指"二战"前的建筑，后者则是战后新建的建筑。我住的地方是旧房，不过这里的新房也有楼龄超过七十年的，所以新旧感觉跟日本截然不同。

也就是说，早在一百多年前，柏林就有了如此坚固的建筑物，而且还把城镇规划得如此方便生活。每片建筑都有共享的中庭，使得居住环境好了一大截，所有人都能过上舒适的生活。

就算是面朝繁忙道路一侧的公寓，只要走到朝向中庭的房间就会瞬间安静下来，若将那里布置成卧室，就无须担心晚上吵闹睡不着觉。中庭在德语里被称为"霍夫"，那是德国人生活中不可或缺的公共空间。

我居住的公寓楼下也有一座宜人的"霍夫"，里面种着高大的树木，有好几张长椅，偶尔能看到有人坐在长椅上看书。周末可以在那里烧烤，也可以上瑜伽课，甚至还有跳蚤市场。"霍夫"对居民来说，是个绝佳的休憩之地。

前不久我受邀参加了朋友的婚礼，地点就在他们居住的公寓楼下的"霍夫"。"霍夫"一角摆着乒乓球桌，他们在那里铺上桌布用来摆放饭菜。料理都由客人自己制作，装在盘子里带过来。

酒水也是自己携带，只需把想喝的酒带去就好。那样一来，经济负担就不会集中在一个人身上，大家可以凑一凑，搞一场愉快的派对。虽然并不豪华，但是充满了温暖，真是一场美好的婚礼。

这种做法太有柏林特色了。柏林人的创意如此自由,可以说唯一的讲究就是不讲究,所以人人都熟知不花钱就能得到快乐的生活方式。可是,正因为这座城市有"霍夫",大街小巷充斥着绿意,才让那种生活方式成为可能。在户外吃饭,最吸引人的地方莫过于眼前有一片美丽的景色。

从飞机上俯瞰柏林街道,会惊讶于那里充满绿色。仅仅因为这个,人们脸上就会露出笑容。

优先顺序

住在柏林，人的物欲会渐渐消失，我时常切身体会到这种感觉，在柏林居住了很长时间的朋友也会这样说。哪怕是仅仅过来旅行几天的人，也会产生这样的感想。

人们绝非没有想要的东西，只能说价值观不一样，或是对消费行为没有什么兴趣。那可能是因为这里的人倾向于用自己的尺度去衡量幸福。

在衣、食、住三件大事中，我最先放下的便是"衣"。走在大街上，人们的着装风格千变万化，几乎不会因为这种事情引来奇怪的目光和批判。在这里可以看到上了年纪、头发五颜六色的朋克大妈，也可以看到穿着女装的男性。

如果天气热,大人都会打赤脚走路,无须在服装上拘泥于自己的立场,也并不存在这样的固有观念。结果,大家就穿上了自己最喜欢、最舒服的衣服。连我也渐渐受到了影响。

在衣服之后,我越来越不讲究的就是"食"。当然,柏林也有饭菜好吃的餐厅,但我绝对不会产生想经常去那种地方的想法。因为在日本很普通的鱼到了柏林就贵得吃不起,我可能也就放弃了。而且身在柏林,基本不会出现提前好几个月抢预约才能吃上人气餐厅的饭菜这种事情。预约顶多提前一周就够了。

也就是说,如果要排优先顺序,那就是住、食、衣,基本上这就是所有柏林人心中的顺序。对德国人来说,房子、住处是非常重要的东西,他们都充满热情地将自己生活的地方布置得温馨舒适。德国人的思维就是家里的装潢尽量自己来做,去拜访别人家就会发现,大家都创造了富有自己特色的舒适空间。

与衣、食相比,德国的居住环境格外舒适,房子又高又大。想必,舒适的居住环境是德国人最为重视、最不愿意让步的要素。

因此，前不久我去意大利时，被满大街花枝招展的人吓了一大跳。几年前我从陆路造访法国时，也惊讶地发现仅隔一道国境，同样一道菜在法国这边的味道就明显不一样了。我深刻体会到：相比德国对居住的重视，意大利更重视华服，法国更重视美食。

这两个国家都与德国是近邻，然而语言和价值观皆不相同。就是这么一群截然不同的人，在团结一致积极实现欧洲一体化。

莫名的想念

离开日本时间一长,我最想念的既不是寿司,也不是荞麦面和天妇罗,而是日本的暧昧韵味。

以前我有点讨厌那种暧昧,不过实际在德国生活一段时间后,就开始莫名想念了。

德国没有一丝暧昧的痕迹。虽然如此断言可能有错,但这里真的事事分明,让我忍不住要这样说。所有事物都有着清楚的黑白分界,并不存在灰色地带。

第一次去德国时,我发现那里的葡萄酒杯竟画着 200 毫升的刻度线。负责倒酒的人每一杯都会恰好倒至那条线。我本以为只有那家店的酒杯比较特殊,没想到很多杯子上都有这么一条线。如此一来，就无论是谁都能提供同等分量了。这里没有目测的概念。

我还想举些例子。

德国的地铁、路面电车、火车都没有检票口。乘客自己买票，自己把票放进检印机里打上日期和时间进行乘车。如此一来，只要想逃票就能毫无障碍地实现。为了防止逃票，偶尔会有被称为"管控员"的工作人员坐进车里，抽查乘客是否持有车票。如果发现无票乘车，就要被处以六十欧元的罚款。按照现在的汇率，是将近八千日元。

我也被管控员查过几次票。他们都穿便服，而且基本都是朋克风格的年轻人。上车后，管控员会先假装乘客坐一会儿车，然后看准时机，以两人一组突然出示身份证明，开始检票。

彼时必须立刻出示自己的车票。如果有车票却忘了塞在哪里，一直磨磨蹭蹭，过了好一会儿才把管控员叫回来说找到了，也会被驳斥"你这票可能是找别人借的"，因此明明买了票也要被罚六十欧元。真是一点人情都不讲。

所以每次碰到管控员，就算自己买了车票，我也会特别紧张。我觉得他们可以多体谅别人，多相信别人，但他们都固执己见，不行就是不行。

德语也一样，有着绝对不会引起误解的语法系统。正因为如此，德语变得格外冗长。好像推特就是因为德语太长而系统本身限制字数的问题在德国流行不起来。话说回来，这里的人穿衣服也特别多单色调。

平等的关系

我要短暂返回日本一段时间,便在法兰克福机场转乘了日本航空公司的飞机。刚上机,我就问空乘能否把机场买的香肠放进飞机冷藏库里。

空乘说她去问问,不一会儿就顶着明显阴沉的表情回来。

"非常抱歉,由于食品管理问题,我们无法满足您的要求,实在是对不起。"

她边说边频频鞠躬。其实不行就算了,她这样反倒让我很不好意思,没必要这样道歉。然后我想起来了,啊,原来这就是日本。

以前有个朋友告诉我，空乘化妆时会故意把眉毛末端画低。我不知道这是否属实，总之那个朋友说，这样说"对不起"的时候，就容易让脸看起来充满歉意。可能因为飞机上会遇到各种各样的人，有时要因为很不合理的事情低头道歉吧。看来这是一份身体负担很重、精神压力也很大的工作。

在德国，人与人的关系更为平等。比如在店铺里，客人绝不是上帝，店员与顾客是平等的关系。反过来说，客人是花钱请店员将商品销售给他的立场。

残疾人士和健全人士在某些意义上也是平等的，人们绝不会因为坐在轮椅上感到促狭，也不会因为对方拄着拐杖便敬而远之。可能因为这样，德国大街上坐轮椅和拄拐杖的人比日本更多。这里的男性和女性也很平等，从理念上说，人和动物也是平等的。人们都认可动物舒适生存的权利。

日本是什么时候出现了"顾客就是上帝"的概念呢？付钱的人被捧上了天，拿钱的人必须像奴仆一样伺候着。本来应该是平等的关系，却变得提供服务的人时刻要担心接到投诉。闹者为王的风潮显然很不对劲。老实说，这样的日本让我感到窒息。

钱确实很重要,没有钱就没法生活。一些政治家总是大声疾呼经济多么重要,他们或许是对的。可是我认为,重要的不仅是经济。

时隔半年,我回到了日本。我对日本有种强烈的感觉,那就是为促进消费想尽了一切办法。仿佛要让所有人相信,如果不花钱就无法得到幸福。日本到处都充斥着物质和服务。

度过冬日

欧洲的冬天漫长而严寒,以我所在的柏林为代表,冬天格外漫长。冷是当然的,然而就算耐得住寒冷,还要面对痛苦的长夜。的确,冷只需添衣取暖便可,因为家中暖气设施齐备,居住起来反倒比东京的家还要温暖。我现在住的公寓采用集中制暖,每个房间都有暖气片,只要拧开立刻就有温暖的液体流进来。

我还不至于在柏林度过一整个冬天,但是居住在柏林的朋友们都说最受不了这里天太黑。二〇一七年的冬至在十二月二十二日,当时的日照时间非常短,早上要到九点左右天才亮,下午三点天就变黑了。这中间哪怕露出一点蓝天，也能让人心情舒畅一些，然而天空始终都被厚厚的乌云笼罩，压得人喘不过气来。听说这段时间发作抑郁症和嗜酒的人也会变多。夜如此漫长，我很理解人们忍不住把手伸向酒瓶的心情，实际也见到过许多酒不离手的流浪者。人们在冬天很难保持身心的平衡。

以前我去拉脱维亚，听说过一个很有意思的事。曾经，拉脱维亚的自杀率非常高。人们对统计结果进行冷静分析，发现日照时间与自杀率密切相关。也就是说，日照时间变短，自杀的人就会变多。于是，拉脱维亚在日照时间短的时期开始举办全国规模的灯饰节。简而言之，因为日照时间变短，人们就努力用人工照明让城市亮起来。如此一来，自杀率就明显下降了。我要为这种简单而合理的做法热烈鼓掌。

因为听说过这件事，我在冬天也会刻意让房间亮起来。而且正因为是冬天，我才不会窝在家中，而是更频繁地到咖啡厅去坐坐，跟朋友见见面，为自己准备许多开心的事情。待在家时，听听欢快的音乐也不错。

另外，度过寒冬的一大精神支柱就是圣诞节。城里各个角落都会办起圣诞集市，人们手捧热乎乎的香料酒，在集市上为家人和朋友挑选礼物。我认为，在一年最难熬的时候搞个圣诞节，实在是绝妙的主意。

这是我在柏林度过的第一个冬天。以前听了许多寒冷、阴暗的抱怨，但还是要自己亲身体验一下才能真正明白。当然，我很期待自己能哼着歌迎接春天，并留下一句"其实没什么呀"。

澡堂与桑拿

日本差不多该到赏梅的季节了吧。光是写下"梅"这个字，我脑中就感知到了那种独特的芳香，让我深深感叹自己果然是个日本人。我时常没来由地想念梅花。

待在日本时，我傍晚经常去澡堂。说是澡堂，其实是城里的洗浴中心，那里的水都是温泉水。虽然坐落在新干线轨道旁边，但是里面还有露天池，那是我最喜欢的地方。结束一天的工作，慢悠悠地走个三十分钟过去，就能在里面乐陶陶地放松身心。我常常在走向澡堂的路上感知季节的变化，获得小说的灵感，那是对我最好的奖励。

那条路上有个幼儿园，每年这个时节，园内的梅花就会绽放。一开始是小小的花蕾，然后渐渐长大，某天路过就变成了一树梅花。那就是我对春天到来的感知。我一年四季都会去那个澡堂，最幸福的当属寒冷季节中的露天温泉。

为了体验温泉的感觉，我冬天会在柏林住处的浴缸里装上热水，将浴泥放进去化开。如此一来，真的能得到跟日本温泉相似的质感。然而我越来越不满足，总想在大浴池里躺成大字形，还想一边泡澡一边欣赏天空。就在那时，朋友邀请我去洗桑拿了。

对啊，还有桑拿啊！听到桑拿，我第一个就想到了北欧，不过德国也有很多桑拿。就算泡不了温泉，还可以洗桑拿暖暖身子呀！

然而，此处还有一个必须翻越的障碍。因为德国的桑拿几乎都是男女混入，而且桑拿房里所有人都完全裸露。日本混浴跟这里的混浴简直不可同日而语。我不知道为何会变成这样，总之男女混合裸浴就是德国的桑拿文化。

一开始我吃了一惊，心里还有点抵触，不过实际去了一看，发现根本没人看我，也就不觉得有什么了。相比起来，坐在桑拿房出一身大汗的感觉更爽快。

顺带一提，在德国经常能看见当众哺乳的母亲。这里不存在什么哺乳室，只要孩子一哭，母亲就很自然地开始哺乳，甚至也不拿披巾遮一下。

这种大大咧咧的行为，就体现了德国的好。

温泉漂浮

我去泡温泉了。这是去年就开始策划的三个好朋友的温泉过夜之旅。

虽然不怎么为人所知,但德国其实也有很多温泉。只要加把劲,一天来回也不是不可能,但是难得去一趟,我们还是决定找个旅馆住上一晚。这是我在德国第一次泡温泉。

我们从柏林坐火车转巴士,花了两小时左右。因为正好是中午出发,我们在火车上吃了午饭。大家各自带了小菜和点心,于是成了便当选美大赛。

我带了三人份的饭团,里面夹了盐烧三文鱼,是在日本烤好带来的。平时我口味比较清淡，可是对三文鱼，我独喜欢咸味胜过鲜甜。我做的盐烧三文鱼跟盐渍差不多，冷冻起来能保存好几个月。

我把宝贵的盐烧三文鱼捣碎拌进米饭里。朋友带了厚蛋烧、炒蘑菇、炒辣椒，大家吃了一顿热闹的午饭。

火车上唯有我们那个角落成了彻头彻尾的日本，让我感觉自己正在去伊豆温泉旅行。离开柏林没多久，窗外就出现了成片的田园风景。

我们要去的温泉位于德国东部，临近波兰边界。那里居住着许多斯拉夫系少数民族索布人。他们拥有自己的语言和文化，因此这里在德国属于比较特殊的地区。

温泉设施本身十分现代化，运营系统充满了德国特色，第一个让我感到吃惊的地方就是更衣室。原来这里竟是男女一起更衣，唯有淋浴室才区分性别。直到最后我都不明白这么做到底会提高效率还是会导致混乱。

泳装区有泳池、浴池、桑拿和休息区，还有露天池。这里的温泉水虽然有点比不上日本，而且温度不太足，不过毕竟身在异国，也不能抱怨什么。

但值得大书特书的是，这里的温泉水盐度堪比死海，含入口中确实很咸。换言之，整个人都能漂浮在温泉上。

这种感觉特别好。其实我以前在爱沙尼亚泡过所谓的海水浴，只是身体漂浮在水面上，让人感觉像在宇宙空间漫游，意识逐渐飘远，进入类似冥想的状态。

最后，我们在温泉里一直漂浮到了关门时间。胎儿包裹在羊水里一定就是这种感觉吧。

第四章

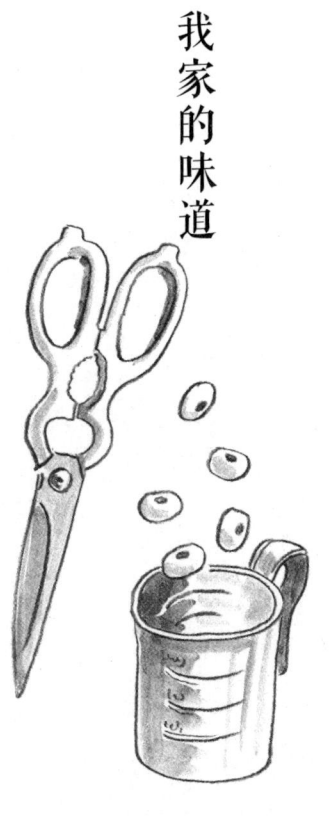

我家的味道

用文化锅煮米饭

我家向来都用文化锅煮米饭。文化锅是一种铝制深锅，据说在"二战"后被研发出来，是一种煮饭好吃又方便的锅。可是因为电饭煲的兴起，现在已经很少看到文化锅了。

尽管如此，我至今仍爱使用文化锅。因为我特别搞不懂电饭煲。那东西每次使用都要找插座插电，用完了还要把里面的小盖子、小零件都拆下来洗，麻烦至极。文化锅除了煮米饭，还能用来烧菜蒸东西，用途多种多样。可是电饭煲就只能用来煮饭。不仅用途少，还占地方，所以我在生活中一直远离电饭煲。

虽然我家没有电饭煲，精米机却是必不可少的东西。理由很简单，就是为了吃到好吃的米饭。如果家里有精米机，就随时能吃到新鲜米了。

为我家提供大米的农户是山形县的清水家。我们每次都从那里采购五公斤玄米，快见底了就发传真过去再订五公斤。我们跟清水家的来往已经持续了很多年。

在家里做精米不仅每次都能吃到新鲜大米，而且还能收获到米糠。这样一来，我们还能吃到自制糠床腌出来的酱菜。因为是用无农药米糠制作，吃起来特别放心。米饭加米糠，玄米就这样被利用到了极致。

前些天，我们家迎来了新的文化锅。之前那个锅盖子已经坏了好几年，一直在凑合着用。最后实在受不了，我就买了一个大小相同的新文化锅。

第一天，我们把刚送到的新米加工成精米，放进一条划痕都没有的崭新文化锅里，加水开火。大火煮到沸腾，锅盖开始咔嗒咔嗒响了，就转为小火继续加热十五分钟左右。关火前转到大火加热十秒，然后静置一会儿，饭就做好了。

我想象着闪闪发光的银饭，心中充满了期待。

可是，盖子完全密封了，无论怎么敲打都纹丝不动。

这可难办了。我已经准备好了酱菜，煮好了味噌汤，最关键的米饭却……我查了一下，这种时候应该重新加热。如果用冰来降温反倒会越吸越紧，看得我一脸愕然。

结果过了一小时，我才把盖子给打开，里面的米饭已经变得又干又硬。不应该这样啊！我心里想着，突然回忆起第一个文化锅好像也发生过同样的事。

年饭与愿望

这几年我常在东京跨年。我最喜欢这一时期的东京。首先,周围的空气明显比平时通透许多。可能是因为交通量减少,空气中的汽车尾气也减少了吧。而且这段时间基本上是晴天,可以尽情欣赏令人畅快的蔚蓝天空。

就连平时雾蒙蒙看不见的富士山,到这一时期也能从我家附近清楚地看到。富士山真漂亮啊!它的山麓优雅地向外张开,每次看都让我感觉收获颇丰。

大家都放松了身心,让我感觉连空气都变得更温和了。呼吸间没有了那种紧绷感,日子过得比平时更安逸。

年尾那几天要做年饭,我基本一整天都站在厨房里干活。家里每年必做的是伊达卷、五色烩和黑豆，特别是伊达卷，都集中在年三十那天一口气做好。

我把筑地买来的鱼糕压成泥，跟鸡蛋搅匀，小火慢炖，就做成了我家特制的伊达卷。每年我都会多做一些，送给左邻右舍和朋友。

年三十那天晚上基本上是吃火锅。因为可以事先准备好材料，也不需要太复杂的加工，吃完了也方便收拾。天气太冷，我们不怎么去敲新年钟。

元旦先来杯屠苏酒，然后吃年糕汤，下午则一直写贺年卡。写完了拿出去寄，顺便向氏神拜贺新年。出门时拿着保佑了我们一年的破魔矢，一路听着铃铛的声音走在河边的散步道上。

我不知道别人会许什么愿，反正我总会在心中默念同一件事。所以，今年我也希望所有生灵幸福安康。

不知从何时起，我不再有很大的目标。我觉得，只要每天过得平淡安稳就好了。

啊，不过我还是有几个小目标，其中掌握德语是去年开始的课题。我把人生四十的重大挑战设定成了德语。而且，我是在去了好多次柏林才终于产生这样的想法，连我

自己都觉得略显迟钝了。

现在,我眼前摆着好几本德语参考书。不如先从翻动书页开始吧。

祖母的松饼

我幼年时代,家里有一台石油暖炉,我记得它圆溜溜的,像个不倒翁。

每到冬天,炉子上总会放着一个锅。锅里有时盛着关东煮,有时炖着蔬菜。一家人吃火锅的时候,锅就放在暖炉上,烤年糕的时候,也会把烤网放在上面。所以,暖炉周围总是荡漾着好闻的气味。

我以前住过的东京公寓房间也用石油暖炉取暖。但是每次都要用泵来加油,中间要是把油烧完,就会突然没了火,整个房间充满讨厌的臭味。老实说,那个炉子用起来一点都不方便。不过我还是没有将它换成其他制暖设备,也是因为可以在上面做菜。只要把苹果削皮放进无水锅里，就能轻松做成糖煮苹果，因为暖炉是小火慢慢加热，也很适合用来煮豆子。

一边取暖一边做菜，这不是一石二鸟吗？最关键的是，家中有烟火气就能令人心安。

很遗憾，我现在住的房子是地暖，再也用不到石油暖炉了。这下无须担心火灾，脚底又暖烘烘的很舒服，实在找不到抱怨之处。只不过，我还是时常怀念那种烟火气。如果在以前，想炖一锅萝卜只需把锅放在炉子上就好，现在则必须用燃气来炖。

我内心其实很憧憬油炉和柴火炉，但是生活在大城市的公寓里，几乎无法使用那种东西。我固然打算将来要过上那样的生活，只是现在，它还属于白日梦的范畴。

说到石油暖炉，我想起了一个光景。

大约是我上小学一年级的时候吧。有一天，我任性地对祖母说："别人妈妈都给孩子做蛋糕，为什么奶奶做的点心都那么老土？"第二天，祖母把煎锅放到暖炉上，做了松饼给我吃。祖母生在明治末年，那恐怕是她第一次制作可以被称作蛋糕的东西吧。祖母小心翼翼地将松饼糊铺

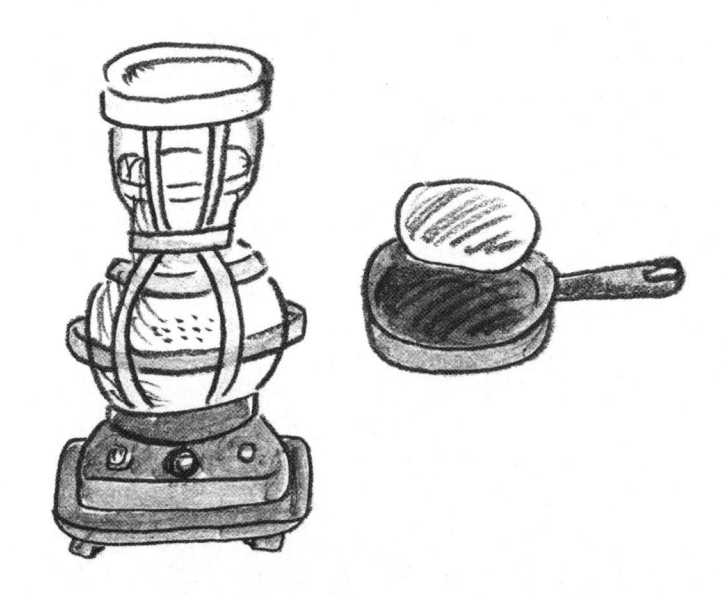

满煎锅的样子，至今仍在我脑海中清晰可见。我从未吃到过像那天一样好吃的松饼。

回首往事，祖母对我的爱才是真正的天赐珍宝。

百合根与点心

戌年。近来总好像被猫压了一头,今年作为爱犬人士,总算能扬眉吐气了。

我家爱犬名叫"百合根",狗如其名,正因为它像正月料理中的百合根,所以得到了这个名字。百合根就像我家的女儿一样。都说儿女是宝,狗也是宝。

我家的百合根特别爱吃。大部分狗都嘴馋,但百合根明显超过了嘴馋的范畴。

它对食物的执着非常惊人,每次到别人家做客,进门就要往厨房跑,检查里面是否掉落了什么美味。无论我怎么说它,有时甚至去请教专业驯狗人士,都无法纠正它散步途中随地捡食的毛病。大部分狗都会仔细嗅闻，然后再叼起来吃，百合根则是先叼进嘴里，再判断这东西能不能吃。我对此深表反省，应该是幼犬时期的教育出了问题。因为随地捡食万一出意外就关乎性命，我必须让百合根改掉这个毛病。

即使我跟丈夫召唤"百合根"，它也很少会过来。直接叫它"过来"，也几乎不予理睬。可是，它对"点心"这个词格外敏感，一听就会两眼放光。

百合根时常在散步中停下来闹别扭，再也不愿往前走。每次只要一说"回家给你吃点心"，它就会做出思考片刻的举动，似乎是听懂了，没过一会儿就开始往家走。如果百合根没被我牵着，跑到了很远的地方，我就得大声叫喊"要吃点心吗？"这对百合根来说就像魔法咒语，如此贪吃真是让人无奈。

不过，看着百合根，我心里会冒出疑问："这样真的好吗？"因为它对吃过于执着，对别的事情则毫无兴趣。确实，包括人类在内，动物都必须进食才能生存。但我总觉得百合根把这件事反了过来，它狗生的全部就只为了吃这一件事。

让我跑个题。我觉得，这句话也可以用在日本这个国家身上。日本食材丰富，因此美食很多，这是无可辩驳的事实。可是很多人因为食物好吃就把所有意识集中在"吃"这件事上，本来应该注入精力的地方，却好像因此而怠慢了。当然，这么说的时候我自己也包括在内。

一日三餐的美味固然很不错，可是太美味了说不定也是一种危险。看着我家这条贪吃的爱犬，我心中油然升起一丝恐惧。

母 性

我家开始养狗的契机,是我开始尝试治疗不孕。我本来并不是一定要生孩子,不过眼看着就要四十岁了,神明仿佛在冥冥之中催促我,对我说现在是最后的机会,于是我就决定试一试。

虽然做出了决定,我自己还是难以释然。我本不执着于血缘之亲,而且我发现,家人不应该以血缘来限定,而要看一同度过的时间。

就在那时,我结识了住在附近的针灸医师。以前我时常从他家门前走过,也知道那里是一家针灸院,但向来都是径直离开。不过,那天我突然想走进去看看。那是三年前的事情。

医师家里养了两条狗,当时我还对狗没什么特殊的感情,顶多是猫和狗之中比较喜欢狗而已。

我一边接受针灸,一边听到其他患者谈起治疗不孕的话题。于是我说我也在做那个治疗,医师就静静地说,其实人类的小孩跟狗差不多。然后他又说,最近遇到一条特别喜欢的小狗,准备接回家来。

"您养过狗吗?"医师问。"没有。养过最大的东西是兔子。"我回答。于是医师提议道:"既然如此,等我家来了小狗,可以借给您养养啊。"

医师行动力很强,几天后就把狗接回来了。那是他的第三条狗。那只小狗被取名阿滚,他表示可以马上借给我。

我心存疑惑地过去把小狗接了回来,那只小狗雪白的毛上长着一个个深灰色的斑点,可爱又活泼,在医师家里兴奋地跑动。由于没有接种疫苗的小狗不能在户外走动,我就用绗棉包将它装起来,小心翼翼地抱回了家。

我们两夫妻的二人世界里突然多了一条小狗。转眼间,我和丈夫都爱上了阿滚。它实在太可爱了,真让人受不了。我每次都迫不及待地盼望着周末能见到阿滚,每次把阿滚送回医师家，都寂寞得无法忍受。

通过与阿滚的接触，我渐渐看到了自己真正想要的东西。我渴望的是一个小生灵，可以让我注入许多的爱和关怀，抚养它慢慢长大。简而言之，我就是想要一个倾注母性的容器。而正如医师所说，那个对象是人是狗都一样。

就这样，我家周末有小狗来做客的生活开始了。

活在群集中

通过周末养狗的经验,我一点点熟悉了狗的世界。我小时候养过鹦哥和兔子,对狗却几乎一无所知。与鹦哥和兔子相比,狗的感情更为丰富,与人类也更为亲近。

在此之前,一直是我们夫妇俩一起生活。我们经常去旅行,所以阳台上没有植物。可是,这样的家中却突然出现了一只小狗。那是一个与我们外表截然不同的生灵,光是这点就让我们感到特别新鲜。

只有我们俩的时候,就算各自做着不同的事情,我们也并不介意。但是,这样的关系里仅仅是多了一条狗,就让群集的感觉更为鲜明了。我越发频繁地体会到,原来这就是家人啊！当我们把阿滚夹在中间睡成川字形，那就是至高的幸福时刻。

尽管如此，阿滚始终是借来的小狗。我们并非它正式的主人。一开始我觉得这种关系很轻松，可是渐渐就有点不满足了。当我星期日傍晚把它送回正式主人针灸医师家时，心里总会觉得空落落的。

我不想再满足于一时的快乐，而希望担负起完全的责任，养一条自己的狗。这个决定并没有花费我们多少时间。

于是两年前，我们正式接了一条狗回家。我们给小狗起名叫百合根，它就像它的名字一般雪白，全身的毛柔软蓬松，而且再也不用担心要把它还给什么人了。这让我感到特别安心和快乐。百合根成了我们真正的家人。

它来的时候只有三个月大，连走路都不太稳。我们事先准备好的幼犬牵引绳都显得很大，而它却小得让人担心会不小心踩到。

看着百合根打哈欠、蹦蹦跳跳、呼呼大睡，看着它的举手投足，我就感到幸福油然而生，而且老实说，再也没心思干别的事情了。

针灸医师说得没错，不管是人是狗，两者都没有区别。

只不过，人类的婴儿在成长之后会离开父母，狗却无论长到多大都无法离开人而生存。从这一点来看，养狗的责任显然更重。而且我们还要明确一个认知——狗的寿命远比人类要短。

小狗固然可爱，但那只是外表的可爱，我们对百合根的爱随着日子的流逝越来越深了。百合根每天都能给我们带来无数的欢喜、依恋和笑容。百合根的到来让我们夫妇的关系更紧密了。我们现在已经完全生活在群集中。

百合根出现在了视野里。仅仅如此，我便感到满腔温暖。

年轮蛋糕

我第一次造访柏林是在二〇〇八年春天。当时白芦笋刚上市,所以我记得很清楚。

造访的契机是为日本某航空公司的机内杂志撰写文章。因为是别人委托的工作,所以那不算我的自主旅行。我不仅没到过柏林,也从未踏足德国这个国家,因此德国对我来说是一片完全陌生的土地。

现在,我却在柏林租了一间公寓生活。如果当时没有接到那份机内杂志的工作,我想应该不会得到这样的未来,因此时常感慨缘分真是不可思议。

那次旅行我只在柏林待了几天,当时感受到的柏林气氛就非常舒心。人们都按照自己的方式自由生活着，而且由衷地为这种生活感到快乐。这就是我眼中的柏林。

城市中心有一座大公园，道路两旁也种了许多行道树，因此柏林给人一种充满绿色的印象。由于树多，随处都能听见我最喜欢的鸟儿鸣叫。我认为，这一定多亏了当时带我游览柏林的接待人员巧妙地安排了路线。因为她，我彻底喜欢上了柏林。

出发前，那位接待人员就问了我想在柏林干什么。我头一个说的就是年轮蛋糕。因为我想，德国一定有特别好吃的年轮蛋糕。

换作现在，我也能理解那个要求究竟有多么难以理解了，只是当时我对柏林只有年轮蛋糕这一个印象。其实年轮蛋糕在德国并不是很主流的点心，甚至有些年轻人从未听说过它。

柏林是有几家卖年轮蛋糕的店铺，但老实说，味道远远不如日本。

不仅是年轮蛋糕，德国的点心普遍非常大，而且味道呆板，多数齁甜。所以我常把德语里用来表示烤点心的"kuhen"戏称为"吃不得（kuehen）"。

不过这几年来，点心吃不得的情况慢慢发生了变化，我家附近也能吃到美味的蛋糕了。虽然其中一家店是法式点心，另一家店是英式起司蛋糕，严格来说，都不是德国点心，但对于这点，我跟德国人一样，都不太在乎。

夏日的葡萄酒节

有很多人觉得德国葡萄酒太甜不好喝，曾经我也这么想。

实际来到德国，喝到当地的葡萄酒后，我才发现原来事实并非如此。被误解的原因是，日本进口的大多数德国葡萄酒都偏甜，因此误导了人们对德国葡萄酒的印象。

说到德国，啤酒似乎是很有名的东西，其实这里的葡萄酒也很不错。尤其是白葡萄酒的品质极高。我很爱喝的一种白葡萄酒叫雷司令，这种葡萄酿制的酒韵味悠长，无论多便宜的产品都能放心畅饮。

某个星期五傍晚，我决定到某个广场享用葡萄酒。那座广场离柏林中心稍远，却是葡萄酒爱好者纷纷称道的好地方。

夏天，德国葡萄酒著名产地的酒庄会到这里来展销自家的产品，而且只要过上一段时间，又会有其他酒庄前来展销，所以整个夏天能在同一个地方品尝到不同酒庄的葡萄酒。

傍晚六点，我跟朋友碰头，结伴前往广场，只见那里已经挤满了人。绿意盎然的公园一角摆着许多桌椅，每张桌子上都陈列着看起来很美味的小吃。葡萄酒节只提供葡萄酒，客人可以自己带食物过来。还有人从家里带来了雪白的桌布，铺在餐桌上优雅地享用晚餐。

我用刚学到的德语勉强找到了座位，随后每人轮流起身去买葡萄酒。酒庄的人就像往小酒杯里倒白酒一样，给我倒了满满一大杯葡萄酒。如此豪爽的举动实在太有德国特色，我忍不住笑了出来。随后，我捧着酒杯小心翼翼地走回座位，跟大家干了杯。我们品尝着朋友带来的三明治和新鲜采摘的草莓，在一片蓝天下享用葡萄酒。

同一张桌子旁还有一位七十多岁的老母亲和她的儿子。他们旁边则是几个讲西班牙语的人，我们喝着喝着就打成一片，大家一起举杯了好几次，还交换彼此带来的小吃。跟儿子一同前来的母亲兴致很高，举止也很开朗。尽管我只会一些很基础的德语，但是能磕磕绊绊地与德国人交流，我还是很高兴的。

奇怪的是，一到晚上九点半的结束时间，所有人一下子就走光了。这正体现了德国人严谨守时的性格。我们后来又到附近的小酒馆去喝了几杯，凌晨一点才回到家。可以说，这是享受短暂夏日最快乐的方式。

惊 喜

我要到泰格尔机场去迎接丈夫。因为事先对丈夫说了"我在公寓等你",所以这是个秘密的惊喜。当然,百合根也跟我一起。

这三个月来,丈夫一直待在东京,而我则住在柏林。我们在一起二十年有余,结婚也已经十七年,还是头一次分开这么久。我虽然有点不安,但也只能尝试。而且我已经做好觉悟,如果这次不顺利,再做思考也不迟。

我们相识的时候还没有手机,日常生活里也没有电邮和互联网。在那之后的二十年间,生活环境发生了剧烈变化,现在只要有网络,无论身在世界何处,都能看到对方的脸,而且可以免费通话了。那个手中紧握硬币,争分夺秒说话的跨国电话时代已经终结。

我们夫妻这次也充分利用了这些文明的利器。反过来,如果没有它们,我们应该不可能在德国与日本两地相隔地生活三个月。正因为每天都能看到对方的模样,与对方说话,才让人心里不会那么寂寞。特别是我还跟狗在一起,那就更不会寂寞了。

可是,在东京独自生活的丈夫好像跟我感受不太一样。他跟我还能见见面说说话,跟百合根却完全无法交流。无论丈夫隔着屏幕如何呼唤,百合根就是不理不睬,甚至不知道它究竟听没听见。对丈夫来说,跟百合根相隔两地似乎比跟我相隔两地还要令他无法忍受。不知不觉,两人一犬已经成了难舍难分的家人。

丈夫的航班傍晚六点到达,我与百合根站在泰格尔机场的到达大厅翘首以盼。他一定没想到我们会来。我在百合根脖子上挂了一块写有德语"欢迎!"的手工塑料牌,它自己好像觉得脖子上的东西很碍事,但这毕竟是个惊喜,所以我就让它忍耐了一会儿。一切都是为了与久别三月的家人重逢啊!

丈夫略显疲惫地拖着行李箱出现在门口。他几乎要从我们面前走过去了，于是我慌忙叫了一声。那个瞬间，他脸上就笑开了花。

回到公寓后，我们用啤酒碰了杯。这下我们一家人总算又能生活在一起了。能够平安回到这个状态，让我先松了口气。

形似牛蒡的东西

我在附近的超市发现了形似牛蒡的东西。它的外表无论怎么看都是牛蒡,可是我从未在日本以外的国家看见过它。而且这里还不是亚洲超市,只是柏林一家极为普通的超市。

若问我在国外最想念什么,我的回答是根菜。比如,红薯,还有莲藕。所以每次要长时间离开日本,我都会带些根菜的干物,在国外特别不舍地一点点吃掉。

我买了那个形似牛蒡的东西,高高兴兴回到家翻开德语词典,果然是牛蒡。正确来说,是菊牛蒡。于是,我马上着手将牛蒡与牛肉一锅煮了拿来下饭。

可是，当我用菜刀切牛蒡的时候，却感到了一丝异样。因为菜刀变得黏糊糊的，像沾了什么黏液。尽管如此，我还是愿意相信它是牛蒡，便把这归结为错觉，硬把它做成了菜。做菜的过程中，我脑子里充满了牛蒡满是膳食纤维的嚼劲，期待渐渐达到了高潮。

牛蒡熟得特别快。一般我做菜都要试试味道，但这次实在太害怕，就没有试。我把菜端上桌，呼唤丈夫。

"今天我在超市看到牛蒡，就买回来炖了牛肉。"

说着，我让他先下了筷。

"怎么样？""嗯……"

丈夫表情一沉。果然如此……

我做好心理准备，吃了一口牛蒡，露出了跟丈夫一样的表情。这种感觉很微妙。的确是牛蒡的味道，但这是牛蒡吗？它很像牛蒡，但并非我所期待的牛蒡。怎么说呢，口感就像山药一样脆生生的。

失败乃兵家常事，想在国外吃到一口正宗和食非常困难。而且这里的大米、酱油、味噌全都特别贵。尽管如此，在国外待久了还是很怀念和食。所以我们能做的东西都会自己做。我有个朋友会自己打乌冬面，还有个朋友去年亲手制作了味噌。我也要加油啊！

如此这般，我首先尝试了做纳豆。这里虽然能买到纳豆，可是太贵了，舍不得经常买。不过只要自己做，就能尽情用最喜欢的纳豆来拌米饭吃了。我带着这个想法，从日本带来了纳豆菌。

将纳豆菌撒在煮熟的黄豆上，然后需要保温一整天，于是我利用了家里的暖水袋。接着，只要不时给暖水袋换水，再用废旧褥子裹起来就好了。那么，结果如何呢？

真的变成纳豆了！在纳豆上淋酱油和橄榄油是我在柏林的独特吃法。

珍藏的餐厅

意大利有一家我特别喜欢的餐厅。第一次去是三年前的夏天，当时觉得那里的饭菜太美味了，我甚至临时更改旅行计划，回程时又去了一次。总而言之，我实在太喜欢那个地方，甚至单纯为了吃饭而专门跑到意大利去。

那家餐厅开业于一九三四年，是家族经营的小店，位于意大利北部山区的小村子，最近的车站是博洛尼亚，但是下车后还要坐三十多分钟的汽车才能到。也就是说，这家餐厅的交通并不方便。尽管如此，这里还是每天挤满了前来享用美食的客人。村子里有这样一家餐厅，一定是当地人的骄傲吧。那家餐厅可谓村子的脸面。

尽管地处偏僻，品质却超一流，这让我特别感慨。首先，餐厅的面貌就特别风雅。窗户被擦得锃亮，桌布和窗帘都是雪白的麻布，里面装饰着古董餐具，无论怎么看都端正庄严。虽说如此，这里却不会让人紧张，也不会显得过分优美。这正是餐厅的过人之处。

上次我跟朋友来，一个应该是住在附近的男人踩着凉鞋，一个人走进餐厅吃了盘意大利面。转头看，又会发现三代同堂的大家庭全都身着正式装束，在餐厅里花上好几个小时庆祝生日。这种大度真让人佩服不已。

我也想成为有空就过来吃盘意面回去的人，然而目前尚不能如此随心所欲，便老老实实从前菜开始品尝。

我那个七十岁了才第一次踏足意大利的朋友刚吃到最开始那道鞑靼牛肉就彻底折服了。柔嫩新鲜的生牛肉上铺着跟刀削昆布一样薄的松露，放入口中顿时散发一股森林的清香。一口两口着迷地吃着，盘子瞬间就空了。这里每道菜的调味都绝妙无比。

然后便到了此行的主要目的——汤意面。用清汤煮熟包了酿肉通心粉的意大利饺子，无论吃多少都还想再来点儿。用那么小的酿肉通心粉来包饺子实在是一种极为烦琐的工作。如果将意大利分为南北两个部分,我当然更喜欢北部。这种意大利饺子仿佛体现了北部人认真细致、彬彬有礼的性格,每吃一口就会让我更爱北部。我多想保守这个秘密,但还是忍不住与大家分享这个珍藏的地方。

变化的身体

我三十几岁时到蒙古体验了两次游牧民族的生活。第一次在号称极寒的冬季,第二次则是夏季。夏季那次我一共待了三个星期,基本上都在乡下蒙古包里度过。

第一次去的时候很开心。天气很冷,我在毫无隐私保障的蒙古包里跟一家蒙古人同寝同居,围坐在火边度过每一天,那真是无可替代的回忆。

第二次却很痛苦。首先,我待的时间比较长,地方也是距离首都乌兰巴托开车都要好几小时的偏僻之处,没有网络,没有一切。那里温差很大,白天酷热,晚上极寒,因此我经常被冻得睡不着觉。每天晚上我都会想,干脆变更计划，明天回日本吧。

可是并非每天都有航班，就算我想回去也无法轻易成行。由于连不上网，我完全无法获取信息。最后我还是按照计划待了三个星期才返回日本，久违三个星期的丈夫见到我开口第一句话就是："你那双眼睛好像野兽一样，充满了杀气，好可怕。"

我自己并没有这种感觉，不过在蒙古的艰苦生活似乎不知不觉间激发了我的野性。

若问最艰苦的是什么，我的回答是吃饭。简单来讲，就是一根蔬菜都没有。那里的食物主要是肉和乳制品，早、中、晚三餐都以肉为主，据说有的蒙古游牧民甚至一辈子都没吃过蔬菜。

这跟我以蔬菜为主，好鱼多过好肉的饮食习惯完全相反。我的身体对这样的饮食发出了惨叫，进而开始罢工。从那以后，我只要到外国去，都会特别带上冻干味噌汤和仙贝饼干。只要每天能吃上一点熟悉的味道，就能让身体调整过来，消除饮食不习惯的异样感。

当我在柏林常住下来，发现这里虽然有蔬菜，但是没什么鱼，主要吃肉。结果我有半年的时间几乎都没吃到鱼。

如此一来，就发生了令人惊讶的事情。

回到日本后，我的身体反而适应不了鱼肉了。当然，吃是可以吃，但不会像以前那样感到美味了。可能是因为久违地回到有鱼可吃的环境，一下子吃太多了，我开始变得更想吃肉。对此，我自己也吓了一跳。

我的身体可能在那段时间里慢慢适应了柏林的环境吧。经过蒙古的痛苦生活，我似乎成长了一些，这让我非常高兴。

自卖自夸

小时候，我家早饭一定是米饭和味噌汤。我不记得自己早上吃过面包。我总觉得吃面包的都是上等人，所以小时候特别憧憬那样的早饭，但不知从何时起，我变成了没有和式早饭就坐立不安的体质。

就算在国外生活，有无味噌汤也会让身体的负担大有不同。无论吃到多么好吃的东西，要我每天吃也会非常痛苦，身体开始渴望喝一口味噌汤。相比米饭，我对味噌汤的感情更为深厚。无论如何都要有味噌汤。所以每次到国外旅行，我都要带一些速食味噌汤充当护身符。

这年冬天，我尝试自己制作味噌。其实几年前我在日本也做过一次，但是味道始终不能如愿，便决定还是把味噌交给专业的味噌店去做更好。

现在，我一年中的大部分时间都在柏林度过。柏林当然也能买到味噌，但是没法挑选我喜欢的味道。而且味噌作为耐保存食材的代表选手，很少添加防腐剂和化学调味料等食品添加剂，因此自己做应该最放心。我那些住在柏林的朋友全都自己做味噌。

好在柏林也有人做曲，我便去要来了一些。那个人做的是生曲，还分麦曲和玄米曲两种。机会难得，我决定两种都试试，看看味道如何。

味噌的原料只有曲、黄豆和盐。将黄豆上锅蒸或煮使其变软，然后用搅拌机搅成糊状，接下来只要加入事先混合好的曲和盐即可。我家没有高压锅，所以煮豆子要花一点时间，不过整体作业其实很简单。

以前制作味噌的时候，我没有用搅拌机，而是用磨碗来磨豆子。因为我觉得这种做法更有手工的味道，然而磨到一半就累坏了。如果将这项工作交给搅拌机，制作味噌就会变得格外轻松。

接着，就只需让它保持静置，提防发霉了。不过制作味噌的资深人士说，发霉其实很正常，所以没必要过于神经质。

我家的味噌差不多可以吃了吧。等到了春天，气候温暖起来，互相交换自己做的味噌或许也是住在柏林的乐趣之一。

第五章 双六人生

去澡堂

傍晚听到《晚霞渐淡》[1]的熟悉旋律，我就会拿起泡澡用品出门散步。目的地是邻町的天然温泉。虽说是温泉，却是个开在城里的场所，也就比澡堂子稍微多了那么一点儿名堂。它旁边就是一条大道。

单程走过去要花三十分钟，顺便把每天的运动也解决了。路旁的花花草草顺应着季节变化，间或出现的私人商店不消多时又从视野中溜走。前些天，我在一个意想不到

---

[1] 中村雨红作词，草川信作曲的日本童谣，描绘了乡村日落时分的光景。日本全国都用这首歌作为傍晚的报时旋律，以提醒周边小学生在天黑之前回家。

的地方发现了意想不到的杂货店。

我本来打算进去看一圈就出来,目光却被店里的打字机吸引,店主随即开始介绍打字机,等我走出来,太阳早就下山了。这种出其不意的邂逅,也是澡堂路上的一种乐趣。

去那个澡堂的人多为附近居民。有初中生参加完社团活动后结伴前来,也有干完活的家庭主妇趁煮饭前过来泡个澡。当中也有牵着幼子的年轻母亲,还能看见身穿工作服,可能刚从工地上下来的男性。澡堂费用不足一千日元,价格十分亲民,属于日常生活中的一点小小奢侈。

洗头、洗身,然后泡进外头的大浴池里,尽情放松。哪怕旁边就是大道,露天浴池还是露天浴池,天还是那片天。回到降生时的赤子之姿,长吁一口气,在宽大的浴池里伸长手脚,这就是无上的幸福。没有任何东西能比得过这种解放感。啊——好舒服呀!

只要脱掉衣服,一个人的工作、年龄、婚姻情况就全然无从知晓。唯独剩下了各自的身躯,人人变回最初的自我。我想,这是很重要的。

温泉还是交换信息的场所。旁边浴池里的大妈们聊得正欢,我竖起耳朵听来了超市特价的消息。谁都不知道我是个写书的人,所以毫不拘谨地跟我聊天。有时我还会受到训斥,但就连那种感觉都特别新鲜,令人高兴。我一点都不想被人称呼"老师"。

并不是每一个写字的人都能成为老师。有的作家自然担得住"老师"这个称号,可也有像我这种缺乏资格的写字人。泡在温泉里,人身上不会贴着标签,因此也无须害怕被人称呼"老师"。

在这里,每个人都是普通的人,既不高贵,也不低贱。

发怒的人

有人爱发怒。这里说的"发怒",是指一点就炸。这些人怒气的沸点特别低,一旦燃烧起怒火,就无法自己令其熄灭。只能受制于激昂的感情,将怒火发泄到他人身上。

当然,如果是正当的怒火,对方就必须道歉。如果因为自己做错了事,让对方生气起来,当然要坦诚地道歉才行。可是,也存在情况并非如此,发怒之人也不由自主的时候。我感觉,最近越来越多这种不由自主的愤怒了。社会整体积累了太多压力,加上网络等交流手段的增加,可能就导致了这种现象。

我不希望自己变成那样,也注意跟带有那些火种的人保持距离，如若可以，尽可能不在日常生活中与之接触。因为那样的人一旦发起怒来就不可收拾，为了坚持自己的正当性，不惜疯狂发动攻击。

以前面对这种不由自主的愤怒，我也会以愤怒回击。可是活了四十年，经验开始告诉我针锋相对的怒火无法解决任何问题。

用愤怒来回击愤怒，就像火上浇油。最好的办法就是不予理睬，但那需要很强的忍耐力。万一对方肆意谩骂或是出口中伤，要默默忍耐可谓难于登天。

也可以等对方的愤怒自然消退之后，再冷静地表达自己的不满，但那有可能再次激怒对方，总之，处理起来非常麻烦。所以最好的办法还是不要与之产生纠葛。

经过观察，我发现那些一点就着的人其实时刻都在害怕。他们永远担心有人要害自己。这跟一近身就狂吠的狗差不多。

正因为他们害怕有人要害自己，所以才会把拥抱他们的手臂误认为攻击的拳头，反倒抢先发起了攻击。这种人只会把事情往负面去想，最终自己就陷入了负面的激流中。不仅本人身心俱疲，周围那些不得不与之产生关联的人也疲惫不堪。

人活在这个世上，乐观或悲观的视角应该非常重要。我属于比较乐观的人，每天都大大咧咧地活着。

可是，如果运气不好碰上了发怒的人，还被卷进对方的怒火，我会在自己也发怒之前先闭目冥想，让呼吸平静下来，也让脑子冷静下来。

自己的幸福与他人的幸福

每晚睡前和清晨醒来,我都会躺在被窝里冥想片刻。每次,我心中都会重复同样的话语。那段话有点长,大意如下:

希望自己幸福,希望苦恼和难过都消失。希望愿望成真,希望悟得光明。

希望与我亲近的人幸福,希望与我亲近的人苦恼和难过都消失。希望与我亲近的人愿望成真,希望与我亲近的人悟得光明。

希望万物生灵幸福,希望万物生灵的苦恼和难过都消失。希望万物生灵愿望成真,希望万物生灵悟得光明。

希望我讨厌的人幸福，希望我讨厌的人苦恼和难过都消失。希望我讨厌的人愿望成真，希望我讨厌的人悟得光明。

希望讨厌我的人幸福，希望讨厌我的人苦恼和难过都消失。希望讨厌我的人愿望成真，希望讨厌我的人悟得光明。

最后，再次希望万物生灵幸福。

一开始很难记住，不过一旦记住了就非常简单。尤其在最初那段时间，我不太希望我讨厌的人和讨厌我的人得到幸福。不过，现在我已经毫无抵触了。

这是斯里兰卡出生的阿鲁老和尚提倡的冥想法。我与他相遇在十多年前，当时一个熟人向我推荐了阿鲁老和尚的书，我才知道了这个冥想法。

我认为，这个冥想法好就好在先祈祷自己的幸福。若自己不幸福，就无法让他人得到幸福。我还认为，试图让他人得到幸福这种想法本身就出于傲慢。可是，如果在自己的幸福延长线上能够找到他人的幸福，我就觉得格外美好。

阿鲁老和尚说，佛教并非宗教，而是心灵的科学。或

许可以说，那是帮助人们更舒适地生存下去的指南书。自从在日常生活中开始冥想，我渐渐觉得人生越来越快乐了。有兴趣的人请务必尝试。

蒙古的天空　镰仓的海

　　我十八岁时来到了东京。当时到东京上大学是理所当然之事，毕业后留在东京工作也同样理所当然。但实际上，人住在哪里都可以，完全可以自己决定居住的地方。

　　是蒙古教会了我这个道理。我第一次去蒙古是在二〇〇九年三月，正值蒙古号称极寒的时期，住在一位名叫哈纳亚的游牧民家中。虽说是家，实际是蒙古包，说白了就是一顶帐篷。因为他们是游牧民，会提前好几年预测草场的生长情况，跟随羊群迁移，每到一个地方就会架起蒙古包生活一段时间。

　　蒙古包半径只有几米，却生活了八个人，再加上一群羊，堪称一个大家庭，每个人没有丝毫隐私。厕所肯定在露天上，电也只有白天用太阳能蓄电池攒下来的一些，这里的一切都与东京的生活相去甚远。

离开哈纳亚的蒙古包那天，我朝地上一躺，将手脚伸展成了"大"字。头顶的天空飘浮着朵朵云彩，咫尺之外就能感觉到生灵的气息。那种感觉让人身心舒畅。彼时，我突然意识到了一件至关重要的事。

只要我有意愿，就能够留在这里成为游牧民，这绝非不可能。因为我清楚地意识到——我就是如此自由，可以住在任何地方。脑中冒出这个想法后，我顿时放松了许多。原来紧紧束缚我的不是别人，而是我自己啊。

在此之前，我一直被"作家应该这样"的无聊刻板观念束缚着。可是当我躺在蒙古的大地上，猛然意识到了那种观念的陈腐，同时也惊觉我一直将自己封闭在狭窄的房间里。如果那时我没有去蒙古，恐怕直到现在都还沉浸在我自己创造的毫无根据的妄想之中。

从那以后，我就以尽量减少自己的行李，随时准备来一场自由自在的旅行为座右铭。我有了自己的理想，那就是生活孕育故事。

曾经我在镰仓居住过一段时间，也是出于这个理由。因为不居住一段时间，就很难发现一个地方的所有美好。镰仓白天挤满游客的样子和晚上只剩下当地居民的样子截然不同。只有住上一段时间，才能了解镰仓夜的深沉。重要的是亲身体会，用身体去感觉。

事实上，这篇文章也在镰仓写成。上次我住的地方靠山，于是这次就选了靠海的小房间。虽然只住了短短半个月，我却有许多发现。我看着茫茫大海，蓦然醒悟：其实随波逐流的人生也很快乐。

三崎港的咖啡店

我在镰仓过周末，出了趟比较远的门来到三崎口。从镰仓到三崎口要换乘三次电车，很有远足的感觉。来到三崎口，我又改乘巴士前往三崎港。

巴士比我想的要挤。那天正好过节，而且附近好像还有祭典活动，我本以为这里不会有什么人，结果发现自己太天真了。尽管如此，我还是坐在拥挤的巴士座位上，隔窗看着路边小摊的新鲜蔬菜，尽情享受着远足的心情。无论什么时候，来到陌生的城市都让人格外雀跃。

我来到熟人向我推荐的饭馆，发现那里也排着长队。冰冷的海风吹得我好几次差点要放弃，但我还是默默忍耐，好不容易走进了店里。吃完红身三文鱼刺身套餐，我就出来了。

我之所以想去三崎港，是因为一家咖啡店。那家店正好在巴士站旁边，二楼的风景特别好。

我满怀期待地走到楼上，窗外蔚蓝的天空顿时映入眼帘。大海闪闪发光，仿佛在对我微笑。

我点了牛奶咖啡和草莓挞，翻开在镰仓电车站门口书店买的书。外面明明那么冷，咖啡店里却有火炉和阳光。我读读书、看看海，再读读书、看看天，度过了一段幸福的时光。或许正因为我是一个人，才能尽情享受如此奢侈的时间。等我回过神来，已经下午四点了。

那天是满月，晚上我跟朋友们到茅崎去赏月了。那里好像是只在满月之夜营业的特殊店铺，当天点了一堆篝火，供大家取暖赏月。客人基本都是当地人，或徒步或骑车来到这里。这些人家附近竟然有个这么棒的地方，我真是羡慕极了。

我们先用美味的饭菜填饱肚子，然后端着葡萄酒走向篝火。多么美啊！一轮圆月高悬在广阔的夜空中，清楚显现出了兔子捣饼的模样。

那天很冷，傍晚还下起了小雪，但多亏有了篝火，我并没有感觉到冷。时间慢慢流逝，篝火也渐渐变小，只剩下炭火散发着红光。炭火正好围成了圆形，映衬着天上的满月，仿佛是一轮贴在地面上的红色满月。看着火光时，心情为何会变得如此平静呢？

月光下品尝的葡萄酒格外特别。如果能够与月圆月缺共生息，人一定会变得更幸福吧。

柿田川

我喜欢河川。给自己起笔名的时候，我也没忘了加一个"川"字。小的河川比大的河川更让我感到亲近，于是就叫了"小川"。理由就是如此单纯。

我现在住的地方也因河川而定，因为我一直想住在小河边。凝视着河川，能让心情平静下来。仅仅是眺望水的流动，就能带来净化的作用。

回首往事，住在仙台的祖母家就在河川旁。那是一条大河，名叫广濑川。即使坐在屋子里，也能听到川流不息的声音。

晚上睡觉时，闭上眼，耳边传来潺潺水声，就像一首静谧的安眠曲。早上起来，第一个听到的也是川流之声。

是这种幼时经历让我喜欢上了河川吗？长大以后，我总在下意识地寻找河川。

不过，我喜欢的不是两岸有水泥加固的河川，而是没有堤岸的自然河川。我喜欢它们原本的姿态，岸边草丛茂密，川流沿着地形弯弯曲曲地向前延伸。不过在日本很难找到那样的河川，连我家旁边的河川，也理所当然地修建了堤岸。

我很想看一眼自然的河川，便造访了柿田川的涌水群。柿田川位于静冈县，被称为日本美丽的河川之一。我在三岛乘坐路线巴士，前往柿田川公园。

这条河川的水源完全来自富士山的降水和融雪。那些水渗入地底深处，经过四个半世纪后涌出地表。沿河有好几处被称为"涌间"的水源，不断有水从地底涌出，那个样子就好像水母在优雅地起舞。

这里每天的涌水量高达百万立方米，水质格外透明，站在旁边的展望台上眺望，河水呈现出碧绿或幽蓝的色彩。

我做了好几次深呼吸。闭着眼，将体内囤积的坏物质全部吐出，再吸入澄清的空气，让它渗透到身体的每个角落。最后缓缓睁开眼，水边花草繁茂，鸟儿在其中嬉戏。

我时常想，如果能像水一样活着，那该多好啊！我可以变成水蒸气，可以凝结成水，也可以加热成热水，或是化作冰块。我可以轻松适应每一种不同的环境，但绝不会消失不见。水不断变化，同时滋养着所有生命，多么令人敬佩。

离开时，我双手掬起一捧涌水送到唇边。那是美味得难以形容的水。我还以为水会特别冷，事实却并非如此。这水柔软温和，带着一丝甘甜，我仿佛享用到了地球上最美好的精华。

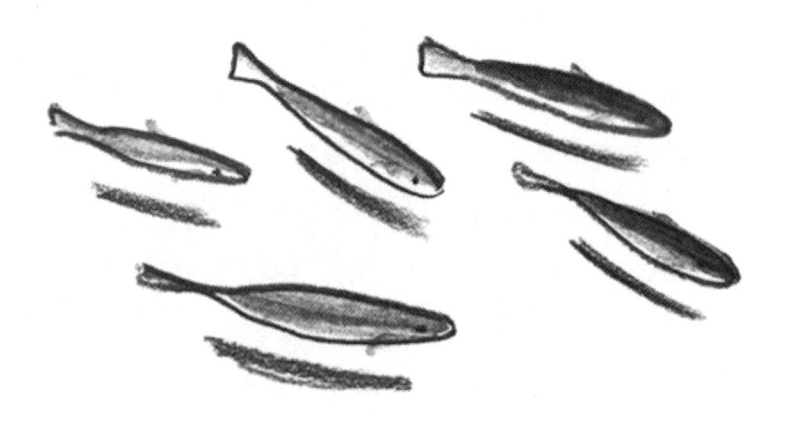

九十九里的同志

我有一个摄影师朋友把工作室搬到了九十九里,于是我决定去看她,顺便住上一夜。她几年前开始热衷冲浪,最终还是在海边租下了一间房子,还把原宿的暗房也搬了过来,目前过着往返于东京家和九十九里的生活。我已经好久没见她了。

人都想自由地生活,但我从未见过像她这样贯彻那个想法的人。只要心血来潮,她就会出门旅行,这次在九十九里租下房子,也是因为碰巧到小镇来拍摄,喜欢上了这里的气氛,当天便到不动产中介去看房子,第二天就签约了。

虽然有点同情她丈夫，但人生毕竟只有一次，当然要尽情按照自己的想法活下去，尽量不留悔恨。她坚持贯彻这个原则的身影总能让我学到很重要的东西，而且她还完美兼顾了摄影师的工作，是我敬重的人之一。

她到车站来接我，还是那么精神抖擞。虽然几年未见，但我没有感觉到时间的空白，而是瞬间就回到了两人相处的时光。

我跟她是旅行的伙伴，一起走过的最长旅途就是夏天的蒙古。我们在蒙古包里共同度过了三个星期。

现在回想起来，那场旅行极为艰苦，让我毫无疑问地实现了茁壮成长。如果不是跟她在一起，我必然会途中就宣布放弃回到日本。因为生活在蒙古包那段时间，我每晚都哭着想：明天回家吧，明天回家吧。

正因为事情过去了，我才能把它当成笑话来说，当时则痛苦不堪。饭菜里一根蔬菜都看不到，早、中、晚全是吃肉，连身体都发出了抗拒的惨叫。而且，我还怎么都睡不习惯蒙古包里直接摆在地上、形状歪歪扭扭的床。

一天里唯一的乐趣便是到附近的温泉去做泥疗，请人在身上涂满泥巴舒缓身心。然而所谓泥疗说着好听，实际上只是一座挖出来的小房子，泥也是附近挖来的泥。

骑马玩儿吧，我坠马了。上个网吧，那里根本没有网络。干什么事都不顺心。晚上太冷了，想点个炉子，火柴却怎么都擦不着。我连生火都不会，真是太让我惊愕了。

她在九十九里租的房子好像有点蒙古包的感觉。晚上，我们把煤炉点起来，把附近鱼店卖的穴子梭子鱼放上去烤，一边啜饮日本酒一边聊天。我把自己擅自封为她人生的同志。

出发吧

清晨,我用文化锅煮了饭。冰箱里还有盐烧三文鱼和佃煮昆布,我便拿出来捏成了饭团。下次再在这个厨房里煮饭,要到半年后了。

我晾好衣服,打开排气扇,叠好被褥,检查完门窗。我已经数不清这是第几次去柏林,不过这次的出发与以往有着不同的意义。最后一次检查是否遗落了物品后,我便与丈夫和狗离开了家。

我们在俄罗斯上空吃掉了饭团。在充斥着无机质的飞机里吃饭团,令我想起了自己是个有血有肉的人。果然,饭团真是带对了。

在赫尔辛基换机，我们继续向柏林进发。来到柏林航班的登机口，我顿时放松下来。光是想到这里所有人都在柏林下机，我就有种莫名的亲近感。

从登机口搭乘接驳巴士前往飞机停放点时，一个身穿红色羽绒服的年轻女性见我带着狗，就把座位让给了我。我微微一笑，向她道谢。因为当时还不会说德语，我决定笑容一定不能少。

曾经，我一直想作为生活者而不是旅行者，在柏林定居下来。只不过，柏林目前陷入了严重的住宅困难，人们都说很难找到房子。房租猛然上涨，一有好房子就有一两百个租房人蜂拥而来，几乎不可能找到居住的地方。

所以，我本来也快放弃了。但是没想到，竟然如此凑巧，我接手了朋友此前租住的房子。这就是所谓的雪中送炭、欲渡船来吧。既然如此，我们很快便定下了去柏林的计划。

朋友一家前脚回到日本，我们后脚就住进了那幢公寓。真是太幸运了！

多亏朋友把冰箱、洗衣机、桌椅、床铺、餐具等最低限度的生活物品留给我们，虽然多少还有些不方便，但我们的生活还是从第一天开始就倍感轻松。曾经,我们在别人的房子里辗转迁移,有时甚至一个夏天要搬三次家,那给我带来了很大的压力。不过,这次真的是自己的家了,所以能安下心来生活。那种放心的感觉超乎我的想象。

我想,人生就像一盘双六游戏。棋子不走到那一格,就看不到那里的风景。

爱上柏林

三月，我来到柏林时，城市还笼罩着一片灰色，残留着沉重的冬日风情。公园和被称作"霍夫"的中庭里都矗立着光秃秃的树木，一副冰冷的模样。尽管如此，等我回过神来，公寓前的公园已经充满了绿意。

我居住的公寓比较古老，在柏林被称为"旧房"，一共三层高，没有电梯。老实说，搬重物上下楼梯实在太痛苦了。有时在外面喝酒回来，我也会想这房子要是有电梯就轻松多了。尽管如此，我还是喜欢住在这里，因为眼前就是公园，窗外的景色特别美。拼了九牛二虎之力爬上楼梯走进家中，见到窗外的枝丫在风中高兴地摇摆，疲惫顿时消失得无影无踪。

我至今仍清楚地记得自己"爱上柏林的瞬间"。那是九年前，因为工作，我第一次来到柏林，时间是黄昏。那天结束取材后，我走进一家店吃了点东西休息片刻。当时跟我在一起的是柏林当地的接待人员、我的责编，还有摄影师。那家略显昏暗的小店做的都是土耳其料理。

我已经不记得当时吃了什么，只记得吃完饭后，我呆呆地眺望着店门口的道路。那是一条平缓的坡道，另一头是座公园。当时，一名女性骑着自行车潇洒地从坡道上冲了下来。她任由裙摆在风中摇曳，双手牢牢握住车把，笔直地冲了下去。而且，我还看到她脸上露出了特别畅快的表情。那是为生命本身而狂喜的美丽笑容。当我看到她英姿飒爽地骑车经过时，顿时爱上了柏林。

我一直没搞清楚那个地方究竟在哪里，因为那时我对柏林可谓一无所知，并不知道自己身在哪个区域。

不过，前些天我结束语言学校的课程，走进公寓一楼的土耳其餐厅准备简单吃顿午饭时，长年的谜题骤然解开了。总听人说烛台灯下黑，没想到我九年前爱上柏林的地方，竟然就在自己居住的公寓一楼。换言之，我现在就住在自己陷入爱河的那幢公寓里。

这是多么奇妙的巧合啊！无论柏林再怎么小，这样凑巧，也堪称奇迹了。所以，这里一定是我的缘分之地。

凯瑟琳的信

我看了一眼邮箱,发现里面躺着一封信。平时邮箱里基本都是账单,所以当我看到手写的信封时,马上长出了一口气。

信封触感细腻柔和,有点像和纸,还贴着两张白鸽邮票。只看信封上的字迹,我无法猜测这是谁写的信。

翻到背面,角落里贴着寄信人的住址和姓名。是凯瑟琳寄来的。凯瑟琳住在瑞士,是我年纪最大的朋友。

如今回想起来,我与凯瑟琳的邂逅依旧显得那么不可思议。地点是印度南部的某个酒店,而且还是酒店里的按摩浴池。我和朋友住在那里是为了接受阿育吠陀治疗,那天下午正在泳池里放松。

我觉得有点冷,便决定到按摩浴池里暖暖身子,而凯瑟琳就坐在里面。她一头短发雪白整齐,戴着一副墨镜,还穿了夸张的泳衣。先说话的人是凯瑟琳。我们坐在按摩浴池里,有一句没一句地聊了起来。

说着说着,她突然哭了。我连忙询问原因,原来与她相伴几十年的丈夫几周前去世了。她之所以来印度,是为了接受丈夫的死亡,同时平复身心的伤痛。本来她朋友也要一起来,但是突然来不了了,于是凯瑟琳就独自一人来到印度南部的这家酒店住了下来。

她哭着说,自己实在太孤单了。我坐在按摩浴池里,也跟她一起哭了起来。我总觉得,是凯瑟琳去世的丈夫将我们吸引到了一起。

后来,我跟凯瑟琳一起上瑜伽课、一起吃饭,还相约一起游泳。凯瑟琳虽然九十岁了,但是好奇心依旧旺盛,特别可爱。我很喜欢凯瑟琳。

又过了一个月,我碰巧要到瑞士工作,便在洛桑再会了凯瑟琳。她把我请到家中吃了一顿午饭。那座房子里充满了她对亡夫的回忆,俨然凯瑟琳的宝箱。

我只跟凯瑟琳见过这两次。一次是在印度南部的酒店，一次是在凯瑟琳家中。尽管如此，凯瑟琳依旧是我无可替代的挚友。我由衷地爱着凯瑟琳。

信上的文字跟以前有些不同。那一定是她在身体好的时候想到我，努力写下的文字吧。

绊脚石

我在家附近闲逛，总能看到路面上嵌着方形的金属牌。我到柏林来了不少次，早已习惯了它的存在，知道它被称作"绊脚石"。

金属牌边长约十厘米，表面刻着人名和生卒年，还有去世的地方。那些都是被纳粹政权杀死的人，他们都被掩埋在了曾经居住过的公寓门前。有时在路上能看到六个人的牌子整齐地排列在一起。

住在科隆的艺术家德姆尼希发起了这项运动，如今不仅限于德国，还扩散到了其他欧洲国家。我每次外出都会看到路上的绊脚石，也每次都会思考那场战争。那些牌子并没有嘶声呐喊，而是静静地讲述着一个个牺牲者的人生。

还有一样东西与绊脚石起到了同样的作用，时刻提醒着人们德国曾经是战争加害者的事实，它就是"欧洲被害犹太人纪念碑"。面积约有两万平方米的广场上矗立着大小两千七百一十一座石碑，人们可在中间自由穿行。

我去看过几次那些纪念碑，首先从广场选址上就体会到了德国人的强烈意志。因为那里是整个国家最好的地段，相当于日本银座。广场旁边就是勃兰登堡门，还与德国国会大厦毗邻。

将这个让人忍不住想逃避的事实刻意放到国家的中心，此举体现出了超凡的觉悟。它仿佛在表明，德国会永远将这段历史的罪孽传承下去。

所以当我身在德国，回忆起战争这种行为本身给我的感觉就显得有点不同。因为对战争的记录和回忆就这么赤裸裸地呈现在日常生活中，丝毫不给人不小心忘却的机会。因为不会忘却，也就不存在忆起。

不仅是作为战争加害者的事实，成为被害者的事实也被如实记录并呈现出来。二〇一七年年末发生恐怖袭击的圣诞集市旁那座威廉皇帝纪念教堂便是一例。它直到现在还保留着大战时遭到炮火侵袭的模样。这里的人们没有选择掩盖事实，而是为了今后的和平稳定，毅然直面了它。正因为如此，现在的德国人才能挺起胸膛，发表自己的意见。

保留一切的德国，还有让一切随风而逝的日本，两者形成了鲜明对照。

丧中明信片

当我开始收到丧中明信片时，便切身感受到了一年将尽。丧中明信片的内容大同小异，一般都是"正在丧中，请恕我无法谨贺新年"。接着会写上什么人去世了，享年多少岁，最后感谢收信人在逝者生前给予的关怀和照顾。

写丧中明信片的对象一般是两代以内的亲戚，但并没有明确规定。可以根据对象与故人的关系亲疏和是否同住来进行判断。

这些我都知道，不过几年前看到一张丧中明信片时，我还是吃了一惊。因为记录逝者信息的部分写的竟不是人，而是狗的名字。当时我还没把爱犬接回家，因此十分震惊。

不妨直说，我看到明信片的想法就是这样有点过了。

不过，等我自己也养了狗，就深深理解了那种心情。如果百合根死了，我可能也提不起心情恭贺新年吧。理论上说，我知道猫和狗就像家人一样，但实际养了狗之后，我发现它们真的就是家人。人的立场一旦改变，对许多事物的看法就会截然不同。

前不久我上完书法课，跟练书法的伙伴一起去吃饭，正好谈到了这个话题。听说最近的人不仅会寄丧中明信片，还会邀请家人以外的客人参加宠物的葬礼。

要穿丧服吗？要拿佛珠吗？给多少香典？我们越聊越兴奋，根本停不下来。

当时我们笑着说，宠物死了还把没什么关系的熟人和邻居邀请来参加葬礼，未免太夸张了。但是我内心有点笑不出来，因为等我站到了那个立场上，说不定也会为宠物举行葬礼。

还有墓地也一样。我一直觉得自己不需要墓地，将来也不想被葬在墓地里，而是希望骨灰直接被撒在什么地方。可是百合根进入我的生活后，我的想法就改变了。因为我想跟爱犬合葬在一起。这让我也吃了一惊。

我家百合根今年两岁，还有很长时间才需要考虑丧中明信片的问题。不过到时候回首往事，一定会觉得时光飞逝。生老病死都是不可避免的事情。我看着丧中明信片，心中这样想道。

让人怀念的过往

小时候，我特别喜欢初雪的早晨。我在山形县出生长大，那是个会下大雪的地方。

早晨醒来的瞬间，我会感觉到今天是那个日子。这应该可以叫作初雪的预感。我能感觉到不知是空气还是雪的气息。那种感觉跟前一天不同，纸门外面似乎比平时明亮一些，空气中透着一股闪闪发光的雪的气味。没错，雪也有气味。

我怀着笃定的预感拉开纸门，眼前果然出现了一片银白色的世界。然后，我就会在心里大声喝彩。昨天还只有黑色和灰色的世界，竟在一夜之间银装素裹。雪把一切肮脏和丑陋都掩盖了。

直到现在，每逢下雪我也特别兴奋。虽然再也没什么机会经历那种世界为之一变的初雪清晨，但是雪对我来说，至今依旧是种温柔而充满暖意的存在。我最感怀的回忆，便是幼时的初雪。

于是，我开始暗暗期待，希望今年冬天能在柏林再次体会到那种感触。柏林的冬天多雨，但我情愿它下雪。

十一月，柏林正式入冬了。因为下个月就是圣诞节，人们才有了勉强熬过十一月的气力。到了十二月，整个城市都会亮起霓虹灯，人们也有了逛圣诞超市的乐趣。可是，圣诞节结束后的一月和二月，这里就再也没有乐趣，只能一味忍耐。进入三月，柏林才总算能看到一丝春天的预兆。

如果我从未见识过东北地区，而且是日本海沿岸的冬天，或许就无法在柏林过冬了。所幸我经历过那种一片死寂的严冬，并且知道在一片死寂中还隐藏着初雪的早晨这样小小的快乐。

现在，早起等待天明成了我一天中最大的乐趣。平时基本是昏沉的天光渐渐转亮，但有时也能看到十分美丽的朝霞。每逢这种时候，我就感觉自己收获了许多快乐。

二三十岁时，我居住在东京，那里的冬天每天都能看到蔚蓝的天空。我喜欢东京的冬天，也觉得冬天的蓝天才最美丽。可是，当我在柏林有一次经历了沉闷的冬天，却开始觉得每天都那么理所当然的"蓝天"，反倒不如只能偶尔看到的蓝天更有意思。正因为不知道第二天究竟能否看到蓝天，才显得有悬念。

其实人生也是如此。越是了解柏林的冬天，我就越感激太阳的存在，也更依恋阳光。

故事的种子

写故事的时候,我总会注意让文字保持自然。

自然有着与之匹配的时间流动。比如,植物从伸展根系,到发出嫩芽、绽放鲜花的时间。比如,制作味噌,等待它熟成味美的时间。如果忽略了这些,命令花儿明天就绽放,命令味噌立刻就成熟,都是绝不可能做到的事情。如果真的要这么做,就不得不加入人工的、不自然的力量,也就违反了自然之理。

我写故事会带着这种意识:故事也是自然的产物。我会想象栽种稻米。初夏插秧,让秧苗在夏天成长,然后秋天收获,冬天让农田休养,到了初夏再次插秧,如此反复。

我的创作大致区分季节,在那种季节的流动感中动笔。最初那段时间,我区分得不太明确,只会闷头猛写。可是就算能凭爆发力完成工作,也很难持续下去。写完一部作品就会轰然倒下,需要很长时间才能开始下一次创作。我发现这样其实很没有效率,反倒是放缓脚步,每天平平淡淡地书写更能减少体力消耗,因此能够持久。对我来说,不停书写才是首要目标,因此不勉强自己也就成了重中之重。

一年中,我集中在冬季写作。理由很简单:因为我怕热胜过怕冷,冬天更能集中精神。春天是重读作品进行编校的时期,夏天则彻底放松身体,把目光转向外部,吸收外面的刺激。到了秋天,作品出版,入冬之后又开始新的创作。当然,创作的节奏并非每次都如此准确,但我的体感大致如此。

这个流程跟生孩子很像。事实上,写故事对我来说很像在体内孕育新的生命。虽然我没有生过孩子,但我感觉写故事可能就是在间接体验孕育的感觉。写故事的过程就像怀着孩子,一开始它的存在非常渺小,甚至分不清到底在不在,但是随着日子流逝,腹中胎儿渐渐成长,最后离开母亲的身体。完成这个过程后,我又会植入新的故事种子,如此往复。

因为作品就像自己的孩子,被改编为电影的作品就像孙儿一样了。若是被翻译成外语,就像请别人来抚养我的孩子。至于精心守护整个孕育过程的编辑,则像无比可靠的助产士。

正中靶心

去年秋天，有两本新书几乎同时发行，于是我在四个地方进行了签售。

平时我几乎没有跟读者直接见面的机会，所以能够通过签售会的形式与一个个读者交谈几句，对我来说，就是无上的幸福。

写作的时候，我时常希望无论内容是什么，这本书都能成为对读者意义深远的实用书籍。因为读者专门用了自己人生的一部分来阅读这本书，我希望读者会把那本书收藏在书架上，并在需要之时重新翻开书页。

一个九岁的小读者拿着一封信出现在京都的签售会上。

"糸老师写的很多书都是主人公从痛苦中重新振作。请问这是为什么？"

第二天我拆开信封，发现里面有这么一句话。那行字用钢笔写成，字迹端正漂亮，不逊大人。

她的话正中靶心。我写作时并非有意为之，但结果总会变成一个关于重生的故事。说不定我自己就是这样。我希望能让读者在读完故事合上书本之后，感觉到明亮的光芒。人生虽然不易，但船到桥头自然直，不会有问题的。我希望自己的作品能向读者传达这个声音。

人生路上，我们可能在意想不到的地方，在明明没有选择的时候遇到痛苦和艰辛，还有难以接受的，不遂人愿的事情。就算表面上乐观开朗，有的人也可能在别人看不到的地方奋力挣扎。每当遇到这种无可逃避的人生灾难，我们可以被黑暗的世界吞没，从此陷入绝望；也可以绝不放弃希望，朝向光明那方。

我希望，在那种时候，无论光芒多么遥远、多么微弱，我也能够向它迈开脚步。我也希望自己的作品能够给读者以力量，促使他们走向光明。就像植物向阳而生，让心跳朝向光明那方的力量，是人生中至关重要的东西。

正因为处在痛苦中，人才要开朗地笑。那样一来，就能让更痛苦的人看到希望。一味哀叹现状泪流满面，也解决不了任何问题。不过，只要开朗、积极、乐观地度过每一天，自己的人生就绝不会变成一个只有黑暗的世界。

我一定想通过书中的故事，向读者传达这些想法吧。

一丝余裕

我在柏林生活了快一年。当初的我就像随风飞舞的树叶一般,顺其自然地来到了柏林。我本想往返于日本和柏林,发现两地独特的好,但是这一年来,我有大半时间都待在柏林。

这可能是因为日本的房子我还留着,随时都可以回去。如果我真的很想回去,明天就能出发。正因为如此,我一听到要完全搬过来,就会使劲摇晃脑袋。我并没有决定要在柏林待多久。我心里模模糊糊地想着,要不待到我再也不喜欢德国为止吧,然而我并不知道将来世界的形势会如何改变,也可能因为个人的原因再也无法往返于两地。一切都那么不确定，依旧是随风摇摆。

尽管如此，这一年来，我每天的生活都十分充实。身在柏林，我可以乐享每一天的生活。换言之，我能够得到脚踏实地活着的真切感受。我在这里不会被一味地刺激消费，每天都有抬头看看天空的余裕。

日本和德国到底有什么不同呢？我得出的答案就是余裕。两者的差别并不大，但我感觉德国比日本多出了这么一丝余裕。

在德国，全体国民都被要求加入一种健康保险，可以享受免费医疗。所以就算得大病住院，自己也几乎不用负担医药费。生孩子不要钱，产后护理也能用保险报销很大一部分费用。而且大学之前的教育全部免费，只要能确保日常生活的费用，就不存在花大钱的地方。余下的钱可以用来旅行。

理所当然，为了充实社会保险，这里的税金非常高。可是，因为德国的保障系统能够让人真实感受到税金全都用在了自己身上，人们也认可这种高赋税。而且，这里的政治也处在国民生活的延长线上。德国当然也存在许多问题，但我认为，日本人真该学学德国人的主权意识。

前些天我在人行横道边上等红灯，碰巧跟道路另一侧扶着自行车的女性对上了目光。她穿着绝不高档却很适合自己的衣服，姿态自然优雅，让我看得出了神。我们对彼此笑笑，穿过了马路。

所谓一丝余裕，便体现在这些地方。

后记

前些天，我不经意间看了一眼佛像，发现它的眼神异常温柔。我不禁疑惑，佛像的表情原来有这么温和吗？其实发生变化的可能并非佛像的表情，而是我的心境。

当我受邀在《每日新闻》周日版上连载每周一次的散文时，老实说，我感到这个任务实在太重了。因为我向来认为散文应该由散文家来写，我的日常那么平淡，并没有值得书写的东西。

写母亲的时候，我正处在除了这个什么都写不了的状态，所以实在没办法。结果因为这样，我得以直面过去的自己，并且接受了过往，也完成了一些清算。

这本书毫无隐瞒地展露了我心中岁月的针脚。

书写故事就像一针一线的缝纫。最后成为话语的虽然是线，但只有线则什么都无法留下。线只有借助了针的力量，才能完成自己的使命。

如果只有针，也同样派不上什么用场，只有引着线穿过小小的针孔，共同行走在面料之上，针才能发挥自己的作用。针与线是彼此需要的存在。

只有针或是只有线都无法让我写出故事。对我来说，针与线都是必不可少的工具。今后我也要带着它们，一路珍重。

每日新闻出版社的柳悠美女士在报纸连载时常用温暖的话语鼓励我，给了我不少关照。在我以作家出道正好十年的这一年，我得以用这种形式来直面自身，实在是感激不尽。

衷心希望这本书能在各位读者面对生活时，派上一些用场。

二〇一八年秋，远眺唯美朝霞

小川糸

文治
© wénzhì books

更好的阅读

特约监制　潘　良　于　北
产品经理　韩　帅
责任编辑　朱　兰　蔡　曦
特约编辑　叶　青
版权支持　冷　婷　郎彤童
装帧设计　Topic Studio

关注我们

官方微博：@文治图书
官方豆瓣：文治图书
联系我们：wenzhibooks@xiron.net.cn

图书在版编目（CIP）数据

岁月的针脚 /（日）小川糸著；吕灵芝译 . —成都：四川文艺出版社，2020.10（2024.5 重印）
ISBN 978-7-5411-5771-4

Ⅰ . ①岁… Ⅱ . ①小… ②吕… Ⅲ . ①散文集—日本—现代 Ⅳ . ① I313.65

中国版本图书馆 CIP 数据核字（2020）第 141293 号

HARI TO ITO by Ito Ogawa
Copyright © 2018 by Ito Ogawa
All rights reserved.
Original Japanese edition published by Mainichi Shimbun Publishing Inc.
This Simplified Chinese edition is published by arrangement with Mainichi Shimbun Publishing Inc.,
Tokyo in care of Tuttle-mori Agency, Inc, Tokyo.

版权登记号　　　21-2020-337

SUIYUE DE ZHENJIAO

岁月的针脚

[日]小川糸 著　吕灵芝 译

出 品 人	冯　静
策划出品	磨铁图书
责任编辑	朱　兰　蔡　曦
特约监制	潘　良　于　北
装帧设计	Topic Studio
责任校对	段　敏

出版发行　四川文艺出版社（成都市锦江区三色路 238 号）
网　　址　www.scwys.com
电　　话　010-82068999（发行部）　028-86361781（编辑部）

印　　刷　三河市中晟雅豪印务有限公司
成品尺寸　135mm×200mm　　　　开　本　32 开
印　　张　7.75　　　　　　　　　字　数　118 千
版　　次　2020 年 10 月第一版　　印　次　2024 年 5 月第五次印刷
书　　号　ISBN 978-7-5411-5771-4
定　　价　52.00 元

版权所有・侵权必究。如有质量问题，请与本公司图书销售中心联系调换。010-82069336